ESPÍRITU DE LUCHA

–Resulta difícil entusiasmarse con esta maratón cuando está clarísimo que Bruce va a ser el ganador –dijo Lois.

–Quizá no –repuso Elisabet–. ¿Tienes ahí tu tarjeta de patrocinios?

–Sí –dijo Lois, sacándola de la mochila.

Después de un cálculo rápido, Elisabet comentó con una sonrisa:

–La mayoría de tus patrocinadores lo son por cantidades pequeñas, pero tienes una tonelada de ellos.

–¡Sumadas todas las aportaciones dan dieciocho cincuenta por kilómetro! ¡Unos cuantos más y alcanzaré a Bruce! –exclamó Lois maravillada.

–Pero aunque iguales a Bruce en dinero, todavía te queda por ganar la maratón –puntualizó Elisabet–. ¿Crees que lo conseguirás?

El rostro de Lois reflejaba una enorme determinación.

–No te preocupes, Elisabet. Voy a correr tanto y con tanta fuerza como me sea posible. Quizá no consiga cubrir los cuarenta y dos kilómetros, pero te aseguro que, en el futuro, Bruce Patman se lo pensará dos veces antes de volver a molestarme.

LAS GEMELAS DE SWEET VALLEY

AJUSTE DE CUENTAS

Escrito por Jamie Suzanne

Personajes creados por
FRANCINE PASCAL

Traducción de
M. Roger Casellas

EDITORIAL MOLINO
Barcelona

© EDITORIAL MOLINO 1994
de la versión en lengua española
Calabria, 166 08015 Barcelona

Depósito legal: B-32.388/94
ISBN: 84-272-3599-2

Impreso en España   Octubre 1994   Printed in Spain

LIMPERGRAF, S.A. – Calle del Río, 17 nave 3 – Ripollet (Barcelona)

I

—Jessica, me parece que sólo nos quedan treinta segundos para llegar a la clase —decía Elisabet Wakefield a su hermana gemela—. ¿No crees que tendríamos que darnos un poco de prisa?

—Sólo un minuto —pidió Jessica—. Quiero preguntar a Tamara si piensa ir a la reunión de las Unicornio a la hora de la comida.

—¿Pero no te dijo el señor Davis que la próxima vez que llegaras tarde te costaría un castigo? —insistió Elisabet con paciencia.

De puntillas, Jessica escudriñaba el pasillo de la Escuela Media de Sweet Valley, buscando a su amiga.

—Sí —accedió sin prestarle demasiada atención—. No veo a Tamara por ninguna parte. Vamos, Lisa —añadió—, te preocupas demasiado.

Las dos atravesaron el vestíbulo rebosante de alumnos.

Elisabet soltó un suspiro. Aparentemente, las gemelas Wakefield eran absolutamente idénticas. Ambas tenían una hermosa cabellera rubia y unos preciosos ojos aguamarina, e incluso, cuando sonreían, se les formaba el mismo hoyuelo en la mejilla izquierda. Pero de carácter, no podían ser más distintas. Elisabet era tranquila y formal. Le gustaba la lectura, montar a caballo, trabajar en *Sexto Grado*, el periódico escolar de sexto que ella misma había ayudado a fundar y, aunque le gustaba divertirse como a la primera, cuando llegaba la hora de trabajar, también era de las primeras en echar una mano.

Jessica, en cambio, se pasaba el tiempo tan enfrascada pensando sólo en chicos, en modas y en el grupo de animadoras, que no atendía a nada más, incluidas las tareas escolares. Además, era miembro del exclusivo Club de las Unicornio, que sólo aceptaban como miembros a las chicas más bonitas y más populares. Elisabet, que opinaba que la mayoría de ellas eran unas esnobs, tenía su grupo de amistades y, por descontado, ninguna de sus amigas era Unicornio. Éstas, además, convencidas de que sólo la realeza era lo adecuado para ellas, habían escogido como distintivo el color púrpura, el de los reyes y cada día llevaban alguna prenda de este color

Sin embargo, y a pesar de sus diferencias, las gemelas conservaban el afecto especial que sólo se da entre hermanos gemelos.

Cuando llegaron a clase, Jessica se deslizó en el asiento vecino al de su amiga, Lila Fowler, y Elisabet se dirigió a la primera fila, al lado de su amiga Amy Sutton.

–¿Qué es eso? –le preguntó señalando una fotografía de una reluciente *mountain bike*[1] colocada sobre el pupitre del señor Davis.

Amy pasó una guedeja de su pelo rubio por detrás de una de sus orejas y se encogió de hombros.

–No lo sé. Winston Egbert lo ha preguntado al señor Davis y éste le ha dicho que lo explicaría cuando estuviéramos todos.

Se oyó el segundo timbre y empezó a reinar el silencio en la clase. El señor Davis esperó unos instantes y dijo:

–Buenos días a todo el mundo. –Sonrió–. Tengo unas noticias muy interesantes para todos vosotros.

Todos se miraron extrañados. El señor Davis parecía muy entusiasmado con lo que les iba a decir.

–Me imagino que la mayoría de vosotros ya sabe que recientemente la Asociación de Estudiantes recogió dinero para comprar libros nuevos para la biblioteca. Pero como el éxito superó las previsiones, la asociación ha pen-

1. Bicicleta todo terreno.

sado organizar otro proyecto en el que podríamos participar todos.

Elisabet había acogido con entusiasmo la noticia de la compra de nuevos libros, sobre todo porque la bibliotecaria, la señorita Luster, había adquirido varios de la serie de misterio de Los Tres Investigadores, sus favoritos.

–La asociación ha decidido –continuó el señor Davis– que sería excelente que la biblioteca contara con un vídeo y cintas.

–¿Habrá cintas de *Indiana Jones*? –preguntó alguien del final.

–¿Y de *Batman*? –preguntó otro.

El señor Davis sonrió.

–Me temo que se tratará de cintas instructivas.

Amy levantó una mano.

–¿Qué se organizará esta vez para obtener el dinero?

–Una maratón ciclista –respondió el señor Davis.

–¿Cómo se desarrollará? –preguntó Winston.

El señor Davis consultó la hoja informativa que tenía en la mano.

–Cada participante debe conseguir todos los patrocinadores que pueda, los cuales abonarán una cantidad por cada kilómetro que cubra el corredor.

Lois Waller alzó la mano. Era una chica tímida muy consciente, nada delgada y, normalmente, apenas hablaba por temor a que se burlaran de ella.

—¿Sí, Lois? —dijo el señor Davis.

—¿Los patrocinadores pueden aportar las cantidades que quieran?

—Sí. A partir de un centavo por kilómetro —dijo el señor Davis con una risita—. Evidentemente, se aceptarán cantidades mayores.

—¿Hay algún premio? —preguntó Jessica desde su sitio.

—Claro que sí. —Y el señor Davis alzó la foto de la bicicleta—. Éste es el premio. Lo último en bicicletas. —Dio la foto a Elisabet—. Hazla pasar, por favor.

Elisabet estaba impresionada. Tenía su propia bicicleta, pero de ningún modo podía compararse a aquella. Era azul brillante, con ruedas anchas y sillín forrado de piel. ¡Y con dieciocho velocidades! Después de estudiar la foto con atención, la pasó a Patrick Morris que se sentaba detrás de ella y que la cogió con afán. Mientras, el señor Davis explicaba los términos de la maratón.

—El ganador no será necesariamente el primero que llegue a la meta, sino el estudiante que consiga más dinero. Por tanto, viene a ser como una combinación entre el dinero apor-

11

tado y el recorrido efectuado de los cuarenta y dos kilómetros.

–¿*Cuarenta y dos* kilómetros? –exclamó Winston–. ¡Es una barbaridad!

–Realmente es un recorrido largo –admitió el señor Davis–, pero estoy seguro de que está al alcance de la mayoría de vosotros. –Echó otra mirada a la hoja informativa–. Además, la asociación ha establecido un premio especial para cada estudiante que llegue a la meta.

–¿Cuándo podemos empezar a buscar patrocinadores? –preguntó Amy.

El profesor cogió unas tarjetas de encima de la mesa.

–Éstas son las tarjetas de patrocinio. Vamos a repartirlas. La maratón se celebrará no este sábado sino el siguiente. Y recordad: las aportaciones que no figuren en la tarjeta no podrán ser contabilizadas al final.

Y empezó a distribuirlas. Elisabet examinó la suya. Había una serie de líneas punteadas en las que debían anotarse los nombres de los patrocinadores, su dirección y la cantidad ofrecida. Mentalmente, empezó a confeccionar una lista de la gente a la que podría dirigirse. Se moría de ganas de empezar.

–Casi no puedo creer que la Asociación de Estudiantes eligiera un premio tan supermagnífico –comentaba Amy cuando salía de la primera clase en compañía de Elisabet–. ¡Cuánto me gustaría ganar esa bicicleta!

Elisabet sintió unos golpecitos en la espalda y, al volverse, vio que se trataba de Jessica. Su hermana tenía una extraña expresión.

–Jess, ¿qué te pasa? –preguntó.

Jessica soltó un suspiro dramático.

–Se trata de la maratón –dijo sombría–. Me gustaría muchísimo ganar esa bicicleta. La mía se cae a pedazos.

–La mía también –corroboró Elisabet–. Nos las compraron juntas, ¿recuerdas?

–Por eso estoy preocupada –explicó Jessica–. En estas condiciones, será imposible que consiga patrocinadores. Todo el mundo se dirigirá a sus padres, familiares y amigos, pero *yo tendré* que dividirlo contigo...

Elisabet se sintió incómoda. ¿Estaría sugiriendo Jessica que abandonara la maratón?

–Estoy segura de que nuestros padres nos patrocinarán a las dos –dijo al fin.

–Ellos quizá sí, pero Steven seguro que no –insistió su hermana.

–Yo creo que a ninguna. Ya sabes como es Steven con su dinero –replicó Elisabet.

Steven, de catorce años y hermano de las gemelas, era conocido por su tacañería y, sobre todo, por su apetito desmesurado.

–¿Entonces, qué hacemos? –Jessica no cejaba.

–Ya pensaremos en algo, Jess. Estoy segura. –Elisabet dio por zanjado el tema.

Cuando Jessica se hubo marchado, Amy esbozó una sonrisa y manifestó:

–Me parece que tu hermana quería que te retiraras.

–Ya lo sé –replicó Elisabet–. Pero no te preocupes. ¡No voy a rendirme tan fácilmente!

–Nadie habla de otra cosa que de la dichosa maratón ciclista –comentó Julia a la hora de comer.

–Creo que deberíamos sacar algo en *Sexto Grado* –propuso Elisabet–. Podríamos publicar las condiciones de participación y quizás un mapa de la ruta.

–¿Y si hiciéramos un número especial? –sugirió Amy.

–¿Puedo sentarme con vosotras, chicas?

Elisabet levantó la mirada y vio a Lois Waller de pie al lado de su mesa, cargada con una bandeja llena a rebosar.

–Claro –dijo–. Siéntate.

–He oído que estabais hablando de la maratón ciclista –insinuó Lois, tomando asiento–. ¡Yo estoy emocionadísima!

Elisabet y Amy intercambiaron una mirada.

Lois era tan consciente de su sobrepeso que apenas solía tomar parte en ninguna de las actividades escolares. Ocultando su sorpresa, Elisabet preguntó:

–¿Piensas competir?

–¡Claro que sí!

Elisabet se había quedado atónita.

–¿Quieres ganar la *mountain bike*? –preguntó Amy.

–¡Sí! Mi bicicleta está muy vieja. Tendré que correr con ella, ¡pero me gustaría tanto ganar esa todo terreno...!

–¿Para qué? –preguntó Elisabet.

–Quiero trabajar este verano repartiendo periódicos en bicicleta –explicó Lois con orgullo–. Y si tuviera una nueva, me sería mucho más fácil.

–¿Repartir periódicos en bici? –exclamó Amy–. ¡Qué gran idea! ¡Explícate!

–¡Esta bicicleta puede ir a todas partes! –comentó Patrick Morris.

–Sube montañas, se mete por caminos difíciles e incluso puede correr por la arena –añadió Ken Matthews.

Winston Egbert engulló un buen mordisco de su bocadillo de queso gratinado.

–Mis padres me prometieron una bicicleta como ésta para mi cumpleaños, pero si gano la maratón les pediré a cambio un juego de química –dijo.

–Cuando la vi en el centro comercial la semana pasada... –Ken puso los ojos en blanco.

–¡Matthews! –le interrumpió Bruce Patman que llegaba en aquel momento a la mesa–. No te olvides del fútbol. Hemos decidido permitir que algunos de los flacuchos de sexto jueguen con nosotros. –Bruce era de séptimo.

Ken le sonrió. Era bajo de estatura pero un atleta excelente.

–Será mejor que me fiches para tu equipo, Bruce, de lo contrario, morderéis el polvo.

–¡Huy, qué miedo! –respondió Bruce con una sonrisa de suficiencia.

Su familia era una de las más ricas de la ciudad y por ello creía que tenía derecho a decir cuanto se le antojara. La mayoría de los alumnos de la escuela lo consideraban un presumido, pero para las chicas Unicornio era el alumno más atractivo de todo séptimo.

–Eh, Bruce –intervino Patrick–, ¿has oído hablar de la maratón ciclista?

–Claro que sí. No se habla de otra cosa –respondió Bruce.

–¿Piensas participar? –preguntó Ken.

Bruce se encogió de hombros.

–No lo sé. Ya tengo una bicicleta que no está mal. –Cuando sus padres estuvieron viajando por Italia, le habían traído una bicicleta italiana plateada realmente magnífica, una de las mejores jamás vista en Sweet Valley–. Además, si participo, ninguno de vosotros tendrá la menor oportunidad. Con mi bici me pongo fácilmente a más de cuarenta kilómetros por hora.

–Entonces, no lo hagas –murmuró Egbert.

–Aunque no participe, con esa carraca que tienes por bicicleta no ganarás en la vida, Egbert.

Las orejas del mencionado se tornaron rojas como le pasaba siempre que algo le irritaba, pero no respondió.

Bruce se dirigió a Ken:

–No te olvides, Matthews. Después de las clases, nos reuniremos en el campo de fútbol.

–Allí estaré –respondió Ken masticando un pedazo de su bocadillo de mantequilla de cacahuete.

Cuando se alejaba, Bruce vio a Elisabet, Amy, Julia y Lois en la mesa de, al lado. Se acercó a las chicas y se quedó mirando la bandeja de Lois tan llena.

–¿Qué quieres Bruce? –preguntó Elisabet fríamente. Aquel chico le caía realmente mal.

–Eres muy poco amable, Elisabet. Sólo he venido a deciros *hola*.

–Muy bien, hola.

«Y adiós», pensó, pero no lo dijo.

–¡Menuda comida, Lois! –comentó Bruce.

Lois no dijo nada, pero dirigió hacia su boca el tenedor lleno de espaguetis que se disponía a engullir.

–Veamos qué tiene hoy para comer Lois... –Y añadió en voz bien alta–: Que todo el mundo se entere.

En todas las mesas vecinas se hizo el silencio.

–Un platazo de espaguetis, dos panes de ajo, un batido de chocolate... –voceaba Bruce.

–¡Bruce, cállate! –ordenó Elisabet con los dientes apretados, pero el muchacho no le hizo caso.

–¿Y qué más...? –prosiguió como si tal cosa–. ¡Un pedazo de pastel y helado! Lois, ¿de veras vas a comerte todo eso?

Lois no respondió, pero Elisabet se dio cuenta que sus ojos empezaban a llenársele de lágrimas.

–Si continúas comiendo así, tendremos que llamarte «Lois la foca» –terminó Bruce sin bajar la voz. Un coro de carcajadas coreó el final de la frase. Esperó unos segundos a ver si la chica reaccionaba, pero como ésta no dijo nada, añadió–: Bien, disfruta del banquete, Lois. –Y se fue.

–No permitas que te afecte, Lois –le dijo Amy en cuanto Bruce se hubo alejado.

–Amy tiene razón –añadió Elisabet–. Todos saben que es un imbécil.

–Si le ignoras, te dejará en paz –dijo Amy.

–Sólo unos días. Siempre vuelve a meterse conmigo –replicó Lois.

Elisabet no sabía qué decir. Lois tenía razón. Bruce se metía continuamente con ella y no parecía que tuviera la más mínima intención de dejarla en paz.

–No sé qué hacer –confesó Lois, apartando la bandeja–. ¡Ojalá no me molestara nunca más!

II

–Entonces, ¿qué vas a hacer, mamá? –insistió Jessica.

La señora Wakefield –que trabajaba a tiempo parcial como diseñadora de interiores y, cuando tenía muchos encargos, solía traerse trabajo a casa– estaba sentada ante la mesa de la cocina llena de muestras de papel de pared y de alfombras.

–¿Mamá? –repitió Jessica.

Finalmente, la señora Wakefield atendió a su hija.

–Lo siento, Jessica –se disculpó–, ¿qué me decías?

–Hablaba de la maratón ciclista –suspiró Jessica.

Antes que la señora Wakefield pudiera responder, su marido y su hijo Steven entraron por la puerta cargados con sendas bolsas grandes.

Ambos, padre e hijo, eran de pelo y ojos oscuros y, aunque no querían admitirlo, las gemelas opinaban que Steven se parecía cada vez más a su padre, un hombre realmente atractivo. Incluso algunas de sus amigas ya empezaban a opinar que Steven no estaba nada mal.

–¿Qué traéis? –preguntó la señora Wakefield.

Jessica lo adivinó de inmediato al sentir el delicioso aroma que surgía de las bolsas.

–¡Comida china! –exclamó entusiasmada.

–Exacto –dijo su padre–. Después de recoger a Steven del entrenamiento de baloncesto, hemos decidido pasarnos por Wong's.

–Y me parece que os habéis traído todo el menú –comentó su esposa.

–Steven me ha ayudado a escoger –replicó el señor Wakefield.

Jessica se echó a reír.

–¡Por eso hay tanta comida!

En aquel momento entró Elisabet que había estado en su habitación haciendo las tareas de la escuela.

–¿De qué os reís? –preguntó.

–Mi querida hermanita que, como siempre, se burla de mi apetito –respondió su hermano–. No puedo remediarlo. Soy un chico que está creciendo.

–Pero si sigues comiendo así, vas a crecer a lo ancho y no a lo largo –replicó Jessica.

Steven dio unos golpecitos a su liso estómago sin un gramo de grasa.

–Todavía queda sitio.

–¿Por qué no empezamos a comer ahora que aún está caliente? –propuso la señora Wakefield–. Steven, por favor, ayúdame a llevar estas muestras a la sala y vosotras, niñas, ayudad a vuestro padre a poner la mesa.

Jessica aprovechó para intentar escaparse en dirección a la puerta.

–Vuelvo en seguida... –empezó.

Pero su madre la interrumpió:

–Si les ayudas, acabaremos antes.

Jessica puso mala cara, pero no tuvo más remedio que obedecer.

La familia no tardó en estar sentada a la mesa, rodeados de bandejas con rollos de primavera, arroz frito a la cantonesa y otras especialidades chinas. Jessica aprovechó para plantear nuevamente el problema de ambas gemelas en relación con la maratón ciclista.

–Así que –concluyó– tendremos que dividirnos y los demás nos aventajarán.

–¿Dividiros? –fingió asustarse Steven–. Tendréis una facha muy extraña.

–Muy divertido, Steven... –dijo Jessica–. Sabes muy bien a lo que me refiero. Por ejemplo, ¿a cuál de nosotras *dos* patrocinarás?

Aquella vez Steven se asustó de veras.

–¡Pero si no tengo dinero ni para patrocinar a una!

–Vamos, Steven... –terció su padre–. Si pones un centavo por kilómetro y las chicas cubren todo el recorrido, no serán más que tres dólares. Yo creo que puedes gastártelos.

–Puede... –murmuró Steven.

–Bien, ya lo veis chicas –dijo la señora Wakefield–. Ya tenéis el primer patrocinador.

–¿Y vosotros? –preguntó Elisabet–. ¿Nos patrocinaréis a las dos?

–Me parece que podremos soportarlo –afirmó el señor Wakefield–. Pondremos un dólar por kilómetro para cada una.

–¡Gracias! –dijo feliz Elisabet.

–¿Pero y los demás? –insistió Jessica–. No nos patrocinarán por partida doble.

La señora Wakefield se levantó y empezó a sacar la mesa.

–Puede que sí o puede que no. Pero tendréis que solucionarlo vosotras.

Después de cenar, llegaron Lila Fowler y Ellen Riteman para estudiar con Jessica. Las tres se refugiaron en la habitación de ésta donde, de inmediato, atacaron el tema de la maratón ciclista.

–A mí no me costará nada conseguir patrocinadores –afirmó Lila–. Estoy segura de que mi padre me dará todo el dinero que le pida.

Los padres de Lila estaban divorciados y ella

vivía con su padre, un hombre muy rico que solía darle todos los caprichos como compensación por sus frecuentes ausencias.

–Pues yo no sé si voy a participar –dijo Ellen, estirándose en la cama de Jessica–. Cuarenta y dos kilómetros es un recorrido demasiado largo.

–Vamos, no seas niña –replicó Jessica–. Puedes hacerlo de sobras.

–Si quisiera, sí –admitió Ellen.

–Todo el mundo participa –le recordó Jessica, añadiendo entre risas–: hasta la misma Lois Waller...

–¿Os habéis fijado en lo que come? –exclamó Ellen sentándose.

–*Lo he oído* cuando Bruce ha descrito en voz alta la comida de la foca –rió Jessica.

–Lois debería hacer dieta –afirmó Lila.

–Apuesto a que no puede correr en bicicleta ni un kilómetro –dijo Ellen.

–Si va a kilómetro por hora –manifestó Lila–, ¡tardaría una semana en hacer el recorrido!

Jessica interrumpió sus carcajadas al darse cuenta de la presencia de Elisabet de pie en la puerta.

–Jessica, ¿tienes mis lápices de colores? –le preguntó.

–Creo que sí –respondió su hermana, señalando hacia su pupitre–. Me parece que están ahí encima.

Elisabet los recogió.

–Lisa, hoy has comido con Lois. ¿De veras participará en la maratón ciclista? –preguntó Jessica.

–Sí –replicó Elisabet–. ¡Y me parece magnífico! –Y antes de que tuvieran tiempo de preguntarle nada más, salió con los lápices.

Lila echó hacia atrás su larga cabellera castaña.

–Jessica, te digo que a veces no entiendo a esa hermana tuya.

Jessica estaba de acuerdo con Lila. Opinaba que Elisabet no debería andar exhibiéndose con un montón de chicas impopulares, pero se limitó a responder:

–Ya conoces a Elisabet. Siente compasión por todo el mundo.

Lila se limitó a mover la cabeza.

Para cambiar de tema, Jessica exclamó:

–He leído en SMASH que pronto aparecerá el nuevo álbum de Johnny Buck.

Lila respondió en tono de suficiencia.

–Ya lo sabía.

–¿Que has leído el artículo?

–Mejor que eso –dijo Lila en un tono lleno de misterio.

–¡Explícate! –exigió Ellen.

26

–De acuerdo –cedió Lila en tono suficiente–. ¿Recordáis a mi tío Seth? ¿El que trabaja en una firma discográfica?

Jessica y Ellen asintieron con un gesto.

–La compañía donde trabaja es la misma en la que graba Johnny Buck. Y me prometió que, en cuanto esté listo el disco, incluso antes de que llegue a las tiendas, ¡me lo regalará!

–¡Qué fantástico! –exclamó Ellen.

–¿Y cuándo lo tendrás? –quiso saber Jessica.

–No estoy segura, pero mi tío me ha dicho que tardará una semana o dos –respondió Lila claramente halagada por el interés de sus amigas.

–¿Nos dejarás escucharlo en cuanto lo tengas? –solicitó Ellen.

Lila fingió vacilar.

–¡Oh, vamos, Lila! ¡Di que sí! –rogó Ellen–. Johnny nos gusta tanto como a ti.

–Además, será mucho más divertido oírlo juntas –añadió Jessica.

Finalmente, Lila accedió con un movimiento afirmativo.

–Muy bien, cuando lo tenga, podréis venir. ¡Seremos las primeras de Sweet Valley en oírlo! –exclamó en tono de orgullo.

–¡Y probablemente las primeras del país! –añadió Jessica.

Cuando Lila y Ellen se hubieron ido, Jessica, que seguía sin ganas de estudiar, se metió en la habitación de su hermana.

–Hola, Lisa –dijo, dejándose caer sobre la cama de Elisabet–. ¿Por qué no vamos abajo a ver si ha quedado helado?

–No, gracias. –El tono de Elisabet era glacial.

–¿Por qué estás de tan mal humor? –preguntó Jessica.

Elisabet dejó el libro que leía.

–Os he oído hablar de Lois.

–Ah... Se lo merece –dictaminó Jessica.

–¡No es verdad! Lo que hoy le ha hecho Bruce es horrible.

–Vamos, Lisa... –insistió Jessica–. La gente como Bruce siempre se meterá con personas como Lois. Las cosas son así.

–Eso es lo que tú crees –afirmó Elisabet en tono severo–, pero no ha de ser así. Quizás algún día Lois ajustará las cuentas a Bruce.

Jessica se echó a reír.

–¡Menudo gran día!

–¡Eh, Waller! –gritó Bruce–. Ya sé que llevas la bandeja muy cargada, pero ¿no podrías ir un poco más aprisa?

Era el día siguiente. Todos estaban en la cola de la cafetería. Elisabet estaba casi al final y lejos de Lois que, con Bruce detrás, daba la tarjeta a la cajera.

Lois cogió la bandeja con las dos manos mientras, simultáneamente, se esforzaba en volver a colocar en el hombro las correas de su mochila que se le deslizaba brazo abajo.

Elisabet no percibió muy claramente lo que pasaba, pero cuando Bruce llegaba a la caja, a Lois se le acabó de caer la mochila; las correas se enredaron en los pies de Bruce y, a continuación, vio al muchacho tendido en el suelo con su propia bandeja volcada encima, empapado de leche derramada por el suelo y con el traje sembrado de macarrones y queso rallado.

Lois se había quedado inmóvil con una expresión de horror en el rostro.

–Oh, Bruce... Lo siento mucho –dijo con voz débil.

–¡Y más que lo sentirás! –la amenazó Bruce con los ojos echando chispas.

–Ha sido un accidente. De veras.

–Claro... –soltó Bruce furioso, mientras intentaba secarse la camisa con una servilleta empapada en leche.

Un monitor del comedor de octavo, se acercó a Bruce con un trapo y unas servilletas de papel.

–Toma, Bruce. Limpia todo esto antes de que alguien resbale.

–¿Yo? –exclamó Bruce sumamente ultrajado–. Ha sido culpa suya –declaró señalando a Lois.

–Ya lo limpiaré yo –se ofreció ésta alargando la mano para coger el trapo.

–No. Ha sido la bandeja de Patman –insistió el monitor–. Lo limpiará él. Ve a sentarte.

A Lois no le quedó más remedio que obedecer. Mientras, todos los alumnos se divertían mucho ante el espectáculo de Bruce Patman limpiando los suelos. No ocurría cada día ver en una situación tan humillante al gran Bruce Patman.

Finalmente, éste acabó aquella horrible tarea, escurrió el trapo, lo lanzó a un rincón y se fue hecho una furia hacia la mesa donde le esperaban sus amigos Charlie Cashman y Scott Joslin.

Al pasar por delante de una mesa llena de alumnos de octavo, uno de ellos le gritó:

–Eh, Patman, ¿te ha gustado tu nuevo oficio? –Toda la mesa estalló en una carcajada–. ¡Te sientan bien los macarrones y el queso!

Y otro añadió:

–¡Deberías llevarlos más a menudo!

Un nuevo estallido de carcajadas celebró la frase.

Bruce estaba furioso. No estaba acostumbrado a que se burlaran de él y mucho menos a hacer el ridículo. Se deslizó en el asiento murmurando en dirección a sus amigos:

–Ni una palabra de esto, si no queréis cargárosla.

Scott levantó las manos.

–No pensábamos decir nada.

Pero Bruce advirtió que los labios de Scott tenían un rictus sospechoso. Era evidente que se estaba esforzando para que no se le escapara la risa.

–Vamos, Bruce, ha sido divertido –intentó apaciguarlo Charlie–. Admítelo.

–No. No lo ha sido. ¡Esa chica me las pagará! –declaró con fiereza.

–¿Quién? –preguntó Scott.

–¿Quién va a ser? –replicó Bruce mirándolo con rabia–. ¡Lois Waller!

–¿Y qué le vas a hacer? –preguntó Scott con interés.

Bruce respondió sombrío:

–Todavía no lo sé pero os aseguro que se va a acordar de ésta.

III

–Muy bien, ¿estáis a punto? –preguntó Elisabet elevando ligeramente la voz.

Amy Sutton, Julia Porter y unos cuantos más que se habían incorporado recientemente a *Sexto Grado*, incluyendo a Patrick Morris, se habían reunido para celebrar la semanal conferencia de redacción.

Elisabet echó un vistazo a sus notas.

–Patrick, te tocaba cubrir el partido de voleibol.

–Y lo hice. Ganamos. Fue un gran partido. Tengo unas declaraciones muy buenas del entrenador. Creo que el lunes podré entregarte el artículo.

–Bien. –Elisabet hizo un movimiento aprobatorio con la cabeza–. Julia, qué me dices de lo de la «Canción de Séptimo»?

–Se celebra durante el fin de semana. Estaré allí –declaró ella.

Elisabet se recostó contra la silla.

–Y ahora hablemos de la maratón ciclista.

–Esa maratón va a convertirse en un acontecimiento monstruoso –comentó Patrick.

–Todo el mundo anda loco buscando patrocinadores –dijo Amy.

Los pensamientos de Elisabet se centraron en su propia situación. Dos días después de que se anunciara la maratón ciclista, aún no había podido buscar ningún patrocinador. Se preguntó qué estaría haciendo Jessica. El día antes le había preguntado si tenía algunos, pero se había limitado a responder: «Ya lo verás.»

–Elisabet, ¿me oyes? –preguntaba Amy

–Lo siento, Amy. ¿Qué decías?

–He dicho que quizá deberíamos asignar a alguien en especial para que realice una encuesta sobre cómo la gente consigue patrocinadores.

–¡Es una gran idea! –exclamó Elisabet con entusiasmo–. Apuesto a que saldrán historias la mar de interesantes.

–Ken Matthews se plantó en la estación de autobuses y empezó a pedir firmas –explicó Patrick.

–Y a mí me han contado que Grace Oliver hizo lo mismo en la cola del cine Valley –añadió Julia.

–Julia –dijo Elisabet–, ¿por qué no hablas con Ken y Grace, y con algunos más, a ver qué consigues?

–De acuerdo. –Julia se lo anotó en su bloc.

–Queda lo principal –siguió preguntando Elisabet–. ¿Cómo cubriremos el acontecimiento en sí? Creo que debería haber un redactor en la línea de llegada.

–Y quizás otros deberían seguir a los que cuentan con un mayor número de patrocinadores –sugirió Amy.

–De acuerdo –accedió Elisabet–. Así, nuestros artículos serán un relato minuto a minuto de lo que ha sido la maratón ciclista.

–Me parece un trabajo hecho a medida nuestra –declaró Amy.

–Cierto –dijo Elisabet–. Y valdrá la pena. ¡Será un de los mejores reportajes que habremos hecho nunca!

El sábado, Elisabet advirtió que ya no le quedaba mucho tiempo. Tenía que encontrar más patrocinadores. Sólo faltaba una semana para la esperada maratón ciclista.

Llamó a su abuela.

Ésta le dijo que contribuiría con la misma cantidad que había ofrecido a Jessica, cincuenta centavos por kilómetro. Anotó el nombre de su abuela en la tarjeta de patrocinio y la cantidad, y salió al patio donde su madre estaba leyendo un libro.

–Mamá –dijo cogiendo una silla–. ¿Puedo llamar a tía Helen?

La señora Wakefield se quitó los lentes de sol para preguntar:

–¿Para qué, Elisabet?

–He pensado que quizá me pueda patrocinar la maratón ciclista.

–Me imagino que sí –respondió la señora Wakefield–. Pero me parece que las llamadas a larga distancia te costarán más caras que lo que obtengas del patrocinador.

–Tienes razón –dijo Elisabet con un suspiro–. He tenido tanto trabajo con *Sexto Grado* que no me ha quedado casi tiempo para buscar patrocinadores.

–Me alegro de que tanto tú como Jessica os toméis este asunto seriamente –declaró su madre–. Pero estoy convencida de que aunque encuentres pocos, la Asociación de Estudiantes te lo agradecerá igual.

Elisabet escuchó las palabras de aliento de su madre con cierto sentimiento de culpa. Evidentemente deseaba encontrar tantos patrocinadores como pudiera, pero también anhelaba ganar la bicicleta. Pero seguro que Jessica tenía más probabilidades que ella. Por lo menos dedicaba más tiempo a buscar patrocinadores.

Como si le hubiera leído el pensamiento, la señora Wakefield le preguntó:

–¿Y cómo le va a Jessica?

–No lo sé, mamá. No me lo cuenta.

Jessica estaba de pie en medio del centro comercial Valley. La gente pasaba por su lado apresurada. Se sentía muy virtuosa. Había conseguido levantarse temprano y tomó un autobús para dirigirse al centro comercial a fin de conseguir patrocinadores.

Originariamente había pensado en convencer a alguien para que la ayudara a conseguir firmas. El día anterior había abordado a su padre cuando éste iba a salir hacia su oficina.

–Papá, tienes mucha gente que trabaja para ti, ¿verdad?

–Bien... No todos trabajan para mí. Creo que es más exacto decir que trabajan conmigo. ¿Por qué lo preguntas?

Jessica le mostró la tarjeta de patrocinio.

–Si te la llevaras y pudieras pedirles que me patrocinaran... –empezó.

Pero, antes de acabar la frase, su padre ya movía la cabeza en sentido negativo.

–Lo siento, Jess. La maratón es una gran idea pero no pienso buscarte patrocinadores.

–Quizá podría acompañarte a la oficina y pedírselo yo –sugirió Jessica.

–No lo encuentro conveniente –replicó el señor Wakefield poniendo una mano sobre el hombro de su hija–. Podría parecer que nos aprovechamos de mi posición y no me gusta que se presione a la gente.

–Oh, papá... –se lamentó Jessica.

–Admiro tus ideas, pero creo que es mejor que consigas los patrocinadores por ti misma. Recuerda Jessica que lo importante no es el número de patrocinadores sino participar.

–Sí, sí –dijo Jessica. Y añadió para sus adentros: «Pero lo más importante es ganar la bicicleta.»

Cuando su padre hubo salido, intentó convencer a Steven para que hiciera lo mismo con sus compañeros, pero su hermano se negó y la única idea que se le ocurrió fue ir al centro comercial.

Sin embargo, se sentía muy incómoda teniendo que dirigirse a gente extraña para que la patrocinaran. Había preguntado a un montón de gente y sólo había conseguido dos adhesiones. La mañana estaba siendo mucho peor de lo que había esperado. Estaba a punto de rendirse cuando vio a Bruce Patman que salía de la librería. Le saludó en tono casual:

–Hola. Bruce.

–Ah, hola, Jessica. –Y vio la tarjeta de patrocinio que tenía en la mano–. No me digas que estás buscando patrocinadores.

–Sí. ¿Tú también?

–No. Aún no he decidido si voy a participar.
–De repente, señaló en dirección de la heladería exclamando–: Mira, allá va Lois Waller buscando algo con que llenarse, como de costumbre. No sé como es posible que alguien coma tanto como ella. –La siguió con la mirada mientras entraba en la tienda–. Pronto va a oír hablar de mí.

No era preciso que Jessica le preguntara *cuándo*. Sabía de sobras que no iba a tardar mucho.

Cuando llegó a casa, Jessica se asomó a la habitación de su hermana. Elisabet estaba sentada al escritorio, trabajando.

–¿Qué haces? –le preguntó.

–Calculo cuánto dinero podré conseguir para la maratón ciclista –respondió.

–¿Cuántos patrocinadores has conseguido? –preguntó dejándose caer sobre la cama de su hermana.

–Muy pocos. Papá, mamá, la abuela y, claro, la contribución de Steven –dijo entre contenidas risitas.

–Yo sólo he conseguido unos pocos más –dijo Jessica lúgubremente.

Y a continuación, describió su mañana en el centro comercial.

–¡Uau, Jessica! Estoy impresionada –exclamó Elisabet–. Te has esforzado mucho más que yo.

–Quizá... –concedió Jessica apesadumbrada–. Pero no creo que resulte. Ninguna de las dos tenemos los patrocinadores suficientes como para ganar la bicicleta.

–Casi no puedo esperar a la celebración del próximo partido de baloncesto –comentaba Ellen.

Era lunes por la tarde, después de clases, y un grupo de Unicornios se dirigían a casa.

–Yo tampoco –gruñó Lila–. Quizás así hablarían de alguna cosa más que de esa dichosa maratón ciclista.

–Yo *no* participaré –declaró Janet Howell.

Janet era alumna de octavo y presidenta del Club de las Unicornio.

–¿Ah, no? –se sorprendió Jessica.

–¿Pedalear cuarenta y dos kilómetros a pleno sol? ¡Ni hablar! –exclamó Janet.

Ellen y Lila se miraron.

–Por mi parte, tampoco me parece que valga la pena –declaró Lila en tono reflexivo.

–Tenéis razón –afirmó Jessica. Cuanto más pensaba en el tema, más espantosa encontraba la idea de correr bajo el sol. Especialmente ahora que sabía que no tenía ninguna posibilidad de ganar la bicicleta.

–¿Por qué no nos retiramos todas? –propuso Lila.

–Estoy de acuerdo –dijo Ellen.

Las tres chicas miraron a Jessica.

–¿Y tú, Jessica? –preguntó Lila.

–Yo también –dijo.

Janet le sonrió.

–Magnífico. Las Unicornio siempre están unidas. Ya pensaremos en algo realmente divertido para ese día.

Jessica le devolvió la sonrisa con el estómago encogido. No le importaba dejar la maratón, pero sabía que sus padres se sentirían decepcionados.

«Basta con que no se enteren», pensó. Porque una cosa era segura: si las Unicornio no participaban en la maratón ciclista, ella tampoco.

IV

El martes por la mañana antes del comienzo de las clases, Elisabet vio a Lois Waller de pie a la puerta del aula.

–Hola, Lois –la saludó, acercándose.

Lois se apartó una mecha de cabellos de los ojos y respondió:

–Hola, Elisabet.

Las dos chicas entraron. Lois hablaba incontenciblemente de la maratón ciclista. Elisabet no la había visto nunca tan entusiasmada.

Al sonar el timbre, el señor Davis dio unas palmadas para atraer la atención de los alumnos.

–Chicos, como sabéis, este sábado se celebra la maratón ciclista. El viernes es el último día para que entreguéis las tarjetas de patrocinio. ¿Alguien quiere decir cuántos patrocinadores ha conseguido?

Winston Egbert alzó una mano.

–Yo tengo doce.

–Muy bien –alabó el profesor en tono de aprobación.

Elisabet y Jessica intercambiaron una mirada. Dudaban de que pudieran decir una cifra como aquella ni siquiera *entre las dos*.

Los alumnos fueron mencionando resultados. Amy Sutton tenía nueve nombres y Ken Matthews trece.

–¡Trece! –exclamó admirativamente el profesor–. ¿Alguien tiene más?

Lois Waller alzó lentamente la mano.

–¿Sí, Lois?

–Yo tengo veintitrés –dijo en voz baja.

Un rumor agitado de comentarios se extendió por toda la clase.

–¿Veintitrés? –repitió el señor Davis, claramente sorprendido.

–Sí –afirmó Lois, mostrando la tarjeta a la cual había engrapado una hoja suplementaria para que cupieran todos los nombres.

–Esto es magnífico, Lois. Me parece que has resultado la mejor –declaró el profesor.

Cuando terminó la clase, prácticamente todo el mundo se acercó a Lois para felicitarla y saber cómo se las había arreglado para conseguir tantos patrocinadores.

–Primero se lo pedí a mi familia –explicó.

–Debe ser numerosa –comentó Patrick.

–Sí, pero también hablé con los vecinos y coloqué tarjetas en un par de supermercados. Cada día iba a consultar si había firmas y entonces los llamaba por teléfono para explicarles las condiciones y asegurarme su participación.

Winston Egbert soltó un silbido de admiración.

–¡Uau! ¡Qué organizada, Lois!

Ella se encogió de hombros.

–Quizás.

–Has hecho un gran trabajo –le dijo Elisabet sonriendo–. Espero que ganes.

La noticia de los resultados obtenidos por Lois corrieron por la escuela como la pólvora. Durante la mañana, los alumnos no cesaron de perseguirla para felicitarla.

Cuando Elisabet la vio en el comedor, la encontró desconcertada y emocionada por tanta atención.

–Ven a sentarte con nosotras –le dijo, haciéndole sitio en la mesa que ocupaba con Amy y Julia.

–¡Menuda mañana! –manifestó Lois–. Nunca me hubiera imaginado que hubiera tanta gente interesada en la maratón ciclista.

–Sí que lo están –confirmó Elisabet–. Por eso vamos a publicar una información extra en *Sexto Grado*.

–Me parece que vas a ser tú quien gane la bicicleta –afirmó Julia.

–Así lo espero –dijo Lois con la vista perdida en el espacio–. Me gustaría muchísimo.

–Pero no cuenta solamente el número de patrocinadores, sino también el máximo recorrido de la maratón –le recordó Amy.

Al rostro de Lois asomó una expresión de preocupación.

–No sé cuantos kilómetros podré cubrir –confesó–, pero intentaré llegar al final.

En otro rincón del comedor, Scott Joslin estaba sentado con Bruce Patman.

–Supongo que ya sabrás las noticias –dijo Scott.

–¿Qué noticias? –preguntó Bruce.

–Las de tu amiga Lois.

Bruce apartó el plato.

–¿Qué dicen?

–Ha obtenido veintitrés patrocinadores para la maratón.

–¡No puede ser!

–Es cierto.

–Si decido participar, seguro que no tiene la más mínima posibilidad de ganar –declaró Bruce.

–Pero creía que no ibas a hacerlo –dijo Scott.

–Siempre puedo cambiar de opinión... Esta maratón debe representar mucho para Lois.

–Claro. De lo contrario, no se hubiera tomado la molestia de recoger tantas firmas.

Bruce se echó hacia atrás en la silla.

–Ya sabéis que Lois me convirtió en el haz-merreír de toda la escuela.

A Scott se le escapó la risa.

–Sí. Con todos aquellos macarrones y el queso...

–Scott... –dijo Bruce en tono de advertencia.

–De acuerdo, de acuerdo, pero resultó diver-tido.

Bruce declaró con dureza:

–Si yo fuera Lois Waller, aún no cantaría vic-toria. Me parece que nuestra amiga Lois no tiene ni idea de la que le va a caer encima.

A la hora de la cena, Bruce ya había maqui-nado toda la estrategia. Los Patman estaban en el último plato, sentados a una mesa colocada en la terraza bajo unos amplios toldos, disfru-tando de la calidez de la temperatura.

Bruce esperó a que la criada sirviera el pos-tre y soltó en tono indiferente:

–En la escuela estamos recogiendo fondos. Se ha organizado una maratón ciclista y, con el dinero recogido, comprarán un vídeo y una co-lección de cintas educativas.

–Eso está muy bien, hijo –dijo la señora Pat-man.

–¿Vas a participar, Bruce? –preguntó su padre.

–Lo he estado pensando. ¿Me patrocinaréis?

–¡Claro que sí! –accedió su padre de inmediato.

Bruce sacó la tarjeta del bolsillo y se la tendió al señor Patman.

–Por lo que veo se abona una cantidad por kilómetro –observó éste.

–Exacto –respondió Bruce.

–¿Cuánto suele ofrecer la gente? –preguntó su padre.

Bruce se mostró deliberadamente vago:

–No estoy muy seguro... Pero pensaba que tú y mamá podríais contribuir con diez dólares por kilómetro... cada uno.

–Que resultan veinte –dijo el señor Patman–. Y si corres cuarenta y dos kilómetros, hacen...

–Ochocientos cuarenta dólares –concluyó Bruce.

El señor Patman miró a su hijo por encima de la taza de café.

–Eso es mucho dinero, Bruce.

–Oh, ya lo sé, pero es para una buena causa.

–¿Supongo que no es preciso preguntarte si correrás todo el trayecto? –declaró su padre.

–¡Claro que no es preciso! Teniendo en cuenta, además, que correré con la bicicleta que me regalasteis. Con ella podría correr hasta setenta y cinco kilómetros.

El señor y la señora Patman se miraron mutuamente.

–Creo que no habrá ningún problema –declaró la madre satisfecha ante la postura tan firme de su hijo.

–De acuerdo –dijo el señor Patman devolviendo la tarjeta a Bruce–. Y me satisface que participes en una causa como ésta.

–Oh, uh... Me alegro de que lo apruebes, papá –murmuró Bruce con el pensamiento puesto en Lois y en la manera en que la iba a derrotar.

–Chicas. ¿Preparadas para el sábado? –preguntó el señor Wakefield aquella noche.

Jessica que estaba ojeando una revista de modas, no contestó.

–Sí –dijo Elisabet.

–No pareces muy entusiasmada, querida –observó la señora Wakefield.

–Es que estoy muy absorbida por el trabajo extraordinario de *Sexto Grado*.

–Pero participarás, ¿no? –preguntó su padre.

–Sí. Voy a correr al lado de la persona que ha conseguido más patrocinadores. Con Lois Waller.

–¿Y tú, Jessica? –dijo su madre.

Ésta alzó la vista deseando que no adivinaran cuan culpable se sentía. Era la oportunidad perfecta para decir a sus padres que no correría, pero no se atrevió.

–Estaré a punto, como siempre –dijo al fin. Como mínimo, era una verdad.

Un poco más tarde, cuando las gemelas se cepillaban los dientes en el cuarto de baño que compartían, a Jessica se le ocurrió que Elisabet podría ayudarla en su no participación en la maratón ciclista.

Con el cepillo en alto, dijo:

–Lisa, necesito que me ayudes.

Elisabet la miró llena de desconfianza.

–¿En qué?

Jessica se echó a reír.

–No hace falta poner esa cara, Elisabet.

Esta esperó en silencio.

–Estaba pensando que no tengo ganas de participar en la maratón ciclista.

Elisabet se sorprendió.

–Pero si incluso has buscado patrocinadores...

–Y casi no he conseguido ninguno. Resulta una cosa muy fatigosa y, además, ya sé que no voy a ganar la bicicleta.

Elisabet dejó el cepillo en su sitio.

–Ya sabes que ganar la bicicleta no lo es todo. Piensa en la contribución a la Asociación de Estudiantes.

–¿Qué crees que dirán papá y mamá?

–Me parece que no les gustará, Jess –dijo Elisabet dirigiéndose hacia su habitación.

–Pero quizá si tú me ayudas a explicárselo...

Elisabet siguió caminando y su hermana la siguió.

–Si se lo dices tú, lo tomarán mejor –imploró.

Elisabet se echó en la cama.

–Lo siento, Jessica. No puedo hacerlo –dijo.

–¿Pero, por qué? –protestó Jessica.

–Porque son sólo dos horas de tu tiempo dedicadas a una buena causa. Me parece que te comportas con mucho egoísmo.

Jessica vio claramente que no iba a sacar nada de su hermana. Tenía que haberlo adivinado. Elisabet no comprendería nunca que ella y las Unicornio hubieran decidido que la maratón no valía la pena.

–¡Está bien! ¡No me ayudes! –exclamó, marchándose hecha una furia a su propia habitación. Se metió en la cama.

Se oyó la voz de Elisabet desde la otra habitación.

–¿Qué quieres? –preguntó Jessica.

–¿Vas a participar o no?

–No lo sé –declaró a la vez que pensaba: «No, si puedo evitarlo.»

V

Bruce Patman estaba seguro de ganar la maratón ciclista a pesar de cuantos patrocinadores pudiera conseguir Lois Waller. Era imposible que el valor de los suyos llegara a ochocientos cuarenta dólares y, aún en ese caso, no podría con todo el recorrido de la maratón. Pensando en Lois bufando y sudando durante los cuarenta y dos kilómetros se le escapaba la risa.

«Si llega a los quince ya será un milagro», pensó.

La noche anterior se la había pasado pensando en como darle las malas nuevas a la chica. Decidió que primero se lo diría en medio del patio de la escuela, pero, al verla rodeada de un numeroso grupo de compañeros de curso que la felicitaban, decidió esperar. Cuanto más feliz y confiada estuviera, más duro le sería enterarse de que iba a ser vencida... y por él.

Lois alcanzó a Elisabet cuando ésta se dirigía a la clase de Lengua y se colocó a su lado.

–¿Qué pasa, Lois? –le preguntó Elisabet al

advertir la expresión preocupada de su amiga.

–Cada vez que levanto la vista, veo a Bruce Patman que me mira fijamente –respondió Lois en voz baja.

Elisabet miró hacia atrás. Efectivamente, Bruce Patman, recostado contra un armario, no apartaba los ojos de Lois.

–Es cierto –dijo.

–Me parece que maquina algo –afirmó Lois.

–Yo diría que oculta una carta en la manga. Me pregunto cuál será –corroboró Elisabet.

–Cualquiera lo sabe. Quizá se propone volver a detallar a gritos el contenido de mi bandeja.

–No –replicó Elisabet–. No creo que lo repita.

–No me ha perdonado la caída que sufrió cuando se enredó con las correas de mi mochila. Pero fue sin querer. Se lo he repetido un montón de veces.

–Ya lo sé –dijo Elisabet, mirándola con simpatía.

–Ojalá me creyera. Parece obsesionado.

Elisabet no sabía que decir, pero la chica tenía razón en sentirse preocupada. Bruce Patman no perdonaba fácilmente y menos, todavía, olvidaba. A saber qué estaría maquinando su cerebro.

Lois comió nerviosa esperando la acometida de Bruce. Se aseguró de que en su bandeja sólo hubiera una ensalada y gelatina. ¡A ver si se atrevía a contarlo a gritos!

Bruce no dijo ni pío durante todo el rato, pero no apartó los ojos de ella. Lois quedó muy sorprendida al transcurrir toda la tarde sin que la hubiera molestado.

Acababa de guardar los libros en su armario, cuando una mano se posó en su hombro. Al volverse, se encontró cara a cara con Bruce Patman.

–¿Qué quieres? –preguntó nerviosa.

–Sólo darte una pequeña noticia –dijo él.

–Pues yo no quiero oír nada de ti –declaró ella dirigiéndose hacia la puerta.

Pero de un salto, Bruce le cortó el paso.

–Se trata de la maratón ciclista. ¿No te gustaría saber algo que te concierne?

Al no poder avanzar, Lois cedió:

–Muy bien, ¿de qué se trata?

–Vas a perder, Lois –le dijo sonriente–. No tienes la más mínima posibilidad de ganar la bicicleta.

–¿Por qué, no? –exclamó Lois con indignación.

Bruce sacó su tarjeta de patrocinio del bolsillo y se la mostró.

–Por esto.

–¿Tus padres han ofrecido diez dólares por kilómetro? –se asombró.

–¡Qué inteligente! Y además de saber leer, seguro que sabes aritmética.

Lois hizo una rápida multiplicación mental. No tardó en calcular los ochocientos cuarenta dólares. El corazón le dio un vuelco.

–¿No dices nada, *foca*? –preguntó Bruce con brazos cruzados y sonrisa de satisfacción.

Lois sintió que las lágrimas amenazaban con asomar a sus ojos, pero decidida a no darle aquella satisfacción, respondió apartando con una mano la tarjeta de él:

–Eso no significa nada.

–Admítelo. La maratón ciclista es mía –insistió Bruce.

Lois consiguió escabullirse rápidamente hacia la puerta. Las lágrimas le asomaban traidoras y, de ninguna manera, quería darle aquella satisfacción a Bruce, que se quedó detrás riendo sonoramente. La única cosa que deseaba en aquel momento era alejarse de la escuela y de Bruce. Cegada por las lágrimas, atravesaba el patio, cuando una mano la detuvo. De momento pensó que se trataba nuevamente del muchacho, pero cuando se le aclaró la vista, vio que se trataba de Elisabet, Amy y Julia.

–¡Lois! ¿Qué ha ocurrido? –preguntó Elisabet–. ¿Te ha hecho algo Bruce?

Lois asintió con un movimiento de cabeza, incapaz de emitir una sola palabra.

–Ibamos a la hamburguesería a tomar un refresco –dijo Elisabet–. ¿Por qué no vienes con nosotras? Nos lo podrás contar todo.

–Vamos, Lois, quizá podamos pensar en algo que escarmiente a ese imbécil –la animó Amy.

El lugar estaba lleno como de costumbre, pero las chicas divisaron una mesita en un rincón y, abriéndose paso entre la multitud, llegaron antes que otro grupo de chicas mayores y se sentaron. Fueron a la barra por turnos para pedir sus consumiciones.

Reunidas todas de nuevo, Lois les contó lo de la abultada aportación del patrocinador de Bruce, y acabó diciendo:

–No me queda ninguna posibilidad.

–¿Supongo que no permitirás que Bruce se salga con la suya? –protestó Amy.

–Evidentemente tendré que correr. Se lo debo a mis patrocinadores, pero resultará muy difícil hacerlo con entusiasmo sabiendo que Bruce será el vencedor.

–¡Parece mentira! –exclamó Julia–. El único motivo por el que Bruce quiere esa bicicleta es porque sabe que *tú* la deseas.

–Y ahora tendrá dos súper bicicletas –suspiró Lois.

–Quizá no –declaró Elisabet.

–¿A qué te refieres? –preguntó Amy

–Lois, ¿tienes ahí tu tarjeta de patrocinio?

–Sí –dijo ella, sacándola de la mochila.

–Muy bien. Dame un papel y un lápiz.

–Elisabet, ¿qué vas a hacer? –quiso saber Amy.

–¡Ya lo veréis!

Al cabo de unos minutos de calcular, Elisabet miró a Lois con una sonrisa.

–¿Qué has encontrado? –preguntó Lois.

Elisabet le dio el papel y, mientras Lois lo examinaba, le dijo:

–La mayoría de tus patrocinadores lo son por cantidades pequeñas pero tienes una tonelada de ellos.

Los ojos de Lois brillaban de alegría. Agitó el papel ante Amy y Julia.

–¡Sumado todo, llega a dieciocho dólares con cincuenta por kilómetro!

–¡Se acerca mucho a lo conseguido por Bruce! –exclamó Amy.

–Sí, pero dieciocho con cincuenta no son veinte –repuso Julia.

–Efectivamente –corroboró Lois con optimismo.

Julia la miró con curiosidad.

–No pareces muy preocupada por eso –dijo extrañada.

–No, porque con unos pocos más que consiga ya le alcanzo.

–Y ambos correréis a veinte dólares por kilómetro –concluyó Amy.

–Todavía me queda un día y medio. Los voy a emplear a tope.

–Pero, Lois –repuso Julia–, ya se lo has pedido a casi todo el mundo de la población.

–No creo que sea todo el mundo. Estoy segura de que aún quedan unos cuantos –aseguró Lois.

–Creo que sí –afirmó Elisabet–, pero aunque consigas los veinte dólares, te queda por vencerle en la maratón. ¿Crees que lo conseguirás? Piensa en esa bicicleta que tiene Bruce.

Lois respondió con una expresión de determinación.

–No te preocupes, Elisabet. Después de trabajar tanto, puedes estar segura de que correré con todas mis fuerzas. Quizá no pueda cubrir los cuarenta y dos kilómetros enteros, pero a Bruce le costará tanto que, en el futuro, se lo pensará dos veces antes de volver a molestarme.

Lois salió de la hamburguesería rebosante de entusiasmo. Bruce Patman estaba loco si creía que iba a rendirse tan fácilmente. El problema era que no se le ocurría nadie más como patrocinador. Había acudido a su familia, a todos sus amigos y prácticamente a toda la vecindad.

Aflojó el paso. ¿Y si Julia tenía razón? Quizás ya no quedaba nadie a quien pedir.

Como la residencia donde trabajaba su madre estaba de camino hacia su casa, Lois se detuvo para verla. Saludó a la señora Newman de recepción y entró en la sala donde su madre, como siempre, se dedicaba a tomar el pulso y la tensión sanguínea de la gente.

–Hola, hija –dijo cuando la vio entrar. Estaba sentada al lado de una agradable señora llamada Williams.

–Hola, mamá. Hola, señora Williams –saludó educadamente.

–Hola, Lois –respondió la señora–. Me alegro de verte. ¿Cómo te ha ido la escuela?

Lois se encogió de hombros.

–Bastante bien.

–¿Seguro? –preguntó la señora Waller.

De repente, Lois ya no pudo callar.

–¡Estaba segura de que ganaría la maratón ciclista! –exclamó malhumorada–. ¡Pero Bruce Patman lo ha estropeado todo!

–¿Qué es esa maratón ciclista? –quiso saber la señora Williams.

Lois la puso al corriente de todo, incluyendo los manejos de Bruce Patman.

–No me perdona por tropezar con mi mochila y, en realidad, no le importa nada la recogida de fondos ni la bicicleta.

–Te comprendo, hija, pero recuerda que, con tu acción, sigues ayudando a la escuela –repuso su madre.

–Ya lo sé, mamá, pero quería ganar la bicicleta para poder trabajar en el reparto de periódicos en verano –suspiró Lois–. Si al menos pudiera encontrar unos cuantos patrocinadores más, tendría una posibilidad de *ganar*, pero no se me ocurre nadie más a quien pedírselo.

–Pues a mi aún no me lo has pedido –intervino la señora Williams con un brillo especial en los ojos.

–Oh, no –interrumpió la señora Waller–. Cuando Lois empezó con esto, le advertí que no les podía molestar a ustedes.

La señora Williams desestimó aquellas objeciones con un movimiento de la mano.

–Tonterías. Me sentiré muy bien si creo que estoy ayudando a los jóvenes. Aunque sea vieja, no quiere decir que no me interese lo que ocurre en el mundo.

Lois miró esperanzada a su madre.

–Muy bien. Me rindo –cedió la señora Waller–. Si usted insiste, Lily, puede patrocinar a Lois –y dijo a su hija–: Pero no quiero que se lo pidas a nadie más. Los demás pueden no ser tan generosos como la señora Williams y no quiero que se sientan incómodos. Ahora me perdonarán. He de hacer mi ronda.

La señora Waller dio unas palmaditas en el brazo de su hija, llevándose consigo las esperanzas de ésta. Por unos instantes había creído que la gente que vivía en la residencia sería la solución a su problema de patrocinio, pero probablemente su madre tenía razón. No estaba bien molestar a aquellos ancianos.

La señora Williams reflexionaba con la mirada perdida en el espacio.

–Lois –dijo al fin–, no me gusta meterme entre padres e hijos, pero creo que tu madre se equivoca.

–¿Por qué?

–Cree que no está bien que la gente de la residencia te dé su apoyo en lo de la maratón ciclista.

–¿Y no está de acuerdo?

–Desde luego que no. Aquí la vida es muy aburrida. Estoy segura de que, al participar indirectamente en tu esfuerzo y estar pendientes de la maratón, resultará divertido para los residentes.

–¿Está segura? ¿Pero, cómo lo hago si mi madre me ha prohibido que se lo pida?

La señora Williams sonrió.

–No lo harás. Se lo pediré yo.

–¿Usted...? –balbuceó Lois.

–¿Dónde está la tarjeta de patrocinio? –le in-
errumpió la señora.

Lois la sacó de la mochila y se la dio.

–¿Está segura?

–No obligaré a nadie, Lois, pero estoy segura
de que mucha gente contribuirá de buena gana.
–Y añadió con decisión–: ¡Vamos a dar una lec-
ción a ese Bruce Patman!

VI

El día de la maratón ciclista Elisabet se despertó temprano. Sonrió recordando la emoción de Lois cuando el día anterior entregó su tarjeta de patrocinio al señor Davis. Lois le explicó a Elisabet que había encontrado más patrocinadores en la residencia donde trabajaba su madre. Había llegado a casi veintiún dólares por kilómetro, ¡más que Bruce! Si podía cubrir todo el recorrido, lo derrotaría.

–Buenos días, Lisa –dijo Jessica asomando la cabeza por la puerta–. El desayuno está a punto y es buenísimo. Mamá ha dicho que necesitamos energía extra y nos ha preparado tortitas rellenas con *bacon*.

–Gracias, Jess. ¿Preparada para la maratón ciclista? –le preguntó Elisabet con una sonrisa.

Su hermana le respondió con un fruncimiento de cejas.

Mientras Elisabet se duchaba, Jessica, sentada en su cama, reflexionaba sobre la maratón. Tenía que encontrar el modo de escabullirse de aquello. En aquel momento, el timbre del teléfono interrumpió sus pensamientos.

–¡Contestaré yo! –gritó mientras salía al pasillo.

–¡Jessica! –La voz de Lila resonó por el aparato–. ¡Ya está aquí!

–¿Qué? –preguntó Jessica.

–El nuevo álbum de Johnny Buck. Se llama *Pass the Buck.*

Jessica exclamó:

–¿Cuándo lo has recibido?

–Ha llegado esta mañana por entrega especial. Ellen y Janet vendrán esta tarde para oírlo.

–¿Esta tarde? ¡Pero si esta tarde se celebra la maratón ciclista!

–Creía que habíamos decidido prescindir de esa estupidez.

–Ya lo sé. Lo que ocurre es que aún no se lo he dicho a mis padres.

–Pues tendrás que apresurarte –decidió Lila–. No podemos cambiar a otro día para oír el disco. Claro que... si no te interesa... –sugirió.

–¡No! Quiero oírlo hoy con todas vosotras.

–Todo el mundo llegará a la una en punto. También he invitado a unos chicos.

–¡Chicos! –exclamó Jessica–. ¿A quién has invitado?

–Scott Joslin que no participa en la maratón

y a dos más de séptimo. Pero no pensamos esperarte.

–De acuerdo. Lo he entendido. Estaré ahí a la una –prometió Jessica.

Cuando hubo colgado el teléfono, se quedó de pie en el pasillo reflexionando. De ninguna manera podía faltar a la audición del disco, especialmente ahora que sabía que también habría chicos. Empezaba a ocurrírsele una idea. No sería fácil, pero podría funcionar.

«Estoy segura de que saldrá bien», pensó mientras bajaba la escalera.

Elisabet acababa la segunda tortita cuando Jessica se sentó a la mesa.

–¿Dónde has estado? –preguntó la señora Wakefield.

–Tenía que hacer una cosa –respondió Jessica con mucho misterio.

–Pues también tendrás que hacer algo por tu estómago, de lo contrario no tendrás energía para correr –replicó el señor Wakefield.

–Y apresúrate –añadió su hermano Steven tragando otra tortita–, o no te quedará nada.

Jessica le dedicó una mirada de irritación.

–Me sorprende que aún quede algo.

–¿Cuál de las dos va a ganar la bicicleta? –preguntó su padre sonriendo.

–Muy divertido, papá –masculló Jessica.

–Espero que sea Lois Waller –explicó Elisa

bet–. Ha trabajado tanto en la recogida de patrocinadores y Bruce Patman se ha portado tan mal con ella, que merece ganar. –Y les contó todas las molestias que Bruce ocasionaba a la chica.

–Oh, Lisa, lo que pasa es que le tienes antipatía –declaró Jessica.

–Y tú le tienes simpatía porque lo encuentras guapísimo –replicó su hermana que no podía entenderlo.

–¿Acaso mi hermana pequeña tiene novio? –intervino Steven alzando una ceja y mirando a Jessica.

–No. Sólo creo que la gente no es justa con él –replicó Jessica.

–¿Por qué? –preguntó la señora Wakefield.

–A la gente le cae mal porque es rico y atractivo –declaró Jessica mirando a Elisabet–. Pero Bruce es honesto. Siempre dice lo que piensa. Lois Waller *es* gorda. Si no le gusta que le gasten bromas con su peso, ¡que adelgace!

La señora Wakefield declaró sorprendida:

–Jessica, que frase tan cruel...

–Pues es verdad –insistió ella, lamiéndose una gota de jarabe que le había quedado en un dedo.

–La belleza no es sólo belleza física –declaró el señor Wakefield.

Jessica lo miró desconcertada.

–Lo que tu padre quiere decir es que no se puede juzgar a la gente por las apariencias –aclaró su madre.

–Ah, ya lo sé –dijo Jessica.

El señor Wakefield se levantó.

–Me voy a revisar las bicicletas. No quiero que os falte aire en los neumáticos.

–Buena idea, papá –dijo Jessica–. Vamos contigo. –Aquel era el momento que esperaba.

Las gemelas salieron con el señor Wakefield. Steven decidió ir tras ellos.

Elisabet y Jessica sacaron sus bicicletas al jardín. La de la primera se deslizaba con facilidad, en cambio el aro de la segunda hacía un ruido extraño al rodar sobre el suelo.

–Jessica –dijo el señor Wakefield al observarlo–, ¿le pasa algo a tu bicicleta?

Jessica fingió una sorpresa preocupada.

–Creo que sí, papá.

Su padre cogió la bici y la examinó de cerca.

–Parece que el neumático se ha deshinchado. Me pregunto cómo habrá ocurrido.

Jessica hizo ver que se fijaba en una hendidura del suelo.

–Espero que sólo se trate de una pérdida de aire y no de un pinchazo –añadió el señor Wakefield.

–Si se ha pinchado, ¿quiere decir eso que no

podré participar en la maratón? –preguntó Jessica procurando que no se le notara mucho su entusiasmo.

Elisabet la miró con curiosidad.

Antes de que el señor Wakefield pudiera responder, Steven intervino:

–Déjame ver, papá.

Y se la llevó rodando por la hierba y entró con ella en casa.

La señora Wakefield salió al jardín.

–¿Qué ocurre, Ned? –preguntó.

–Parece que la bici de Jessica tiene un neumático deshinchado –respondió su marido.

–No os preocupéis. Yo lo arreglaré –dijo Steven, reapareciendo con una bomba de bicicleta.

A Jessica se le cayó el alma a los pies. ¿Desde cuándo Steven resultaba tan mañoso?

La cosa fue de lo más fácil. A los pocos minutos el chico había hinchado completamente el neumático.

–Que raro... No tenía ningún agujero –comentó, dándole la bicicleta–. Listo.

–Gracias, Steven, pero ¿qué pasará si se deshincha durante la maratón? ¡Me puedo caer!

La señora Wakefield se preocupó.

–¿Crees que es posible?

El señor Wakefield hizo rodar la bici arriba y abajo.

–A mí me parece que está perfectamente bien.

–Pero, mamá, que ahora esté bien no significa...

–Jessica, ¿hay algún motivo por el cual no quieras participar en la maratón ciclista? –le preguntó su madre.

Jessica sintió que le ardía la cara.

–¿Jessica? –insistió su madre.

–Bien... Unas cuantas chicas van a casa de Lila a oír el nuevo álbum de Johnny Buck...

Aún no había terminado la frase cuando la señora Wakefield ya movía la cabeza en sentido negativo.

–Puedes ir después de la maratón si quieres, pero tu padre y yo esperamos que primero cumplas con tu compromiso.

–Y además –añadió Steven–, me ha costado un montón arreglarte la bici.

–¡Oh, sí! –exclamó Jessica mirándolo furiosa–. ¡Un par de segundos! Gracias por acudir en mi ayuda.

Steven se inclinó versallescamente.

–Ha sido un honor.

–Si he de participar en la maratón, será mejor que suba a cambiarme –dijo Jessica muy malhumorada.

–Me parece una gran idea –aplaudió su madre.

–¡Sabía que no lo comprenderían! –murmuraba Jessica mientras subía enfurecida la escalera hacia su cuarto.

Después de revisar su propia bicicleta, Elisabet subió la escalera en busca de su hermana, sabiendo como se sentiría por tener que renunciar a ir a casa de Lila. Esperaba poder animarla un poco.

Pero, en lugar de encontrar a una Jessica gruñendo y quejándose por las injusticias de la vida, la encontró sonriente delante del espejo, vestida con unos pantalones cortos nuevos y una camiseta estampada con el nombre de Johnny Buck.

–¿Por qué te has puesto tus mejores pantalones cortos, Jess? –preguntó Elisabet–. Los vas a estropear. Cuarenta y dos kilómetros son muchos y seguro que pasaremos por lugares difíciles, quizá con piedras o barro.

Jessica soltó unas risitas.

–Como no voy a recorrer cuarenta y dos kilómetros, no he de preocuparme.

–¿Ah, no?

–No. Sólo pienso correr lo justo para que los pantalones cojan una pizquita de polvo.

Elisabet se sentó en la cama.

–¿Qué te propones, Jess?

–Mamá ha dicho que he de participar, pero

no ha dicho nada de *todo el recorrido*. Rodaré un par de kilómetros y abandonaré. Tendré tiempo de sobras para estar a la una en punto en casa de Lila –declaró con una sonrisa satisfecha.

–Jessica –advirtió Elisabet–, no creo que sea eso exactamente lo que papá y mamá quieren que hagas.

–Escucha Elisabet, voy a hacer exactamente lo que me han dicho que haga y, después, pienso ir a casa de Lila. –Dedicó una mirada penetrante a su hermana–. ¿No pensarás decirles nada, verdad?

Elisabet movió la cabeza en sentido negativo.

–Ya sabes que no. Además, *técnicamente* cumples con lo que te han ordenado.

Jessica le sonrió.

–Exacto. Ahora vamos a la maratón ciclista. ¡Cuanto antes empiece, antes me marcharé!

–Me parece que debemos ir a registrarnos –dijo Elisabet, mirando el reloj y a la multitud de chicos que ya habían llegado–. Son casi las doce.

–En seguida vuelvo –dijo Jessica que se había fijado en la presencia de Bruce Patman cerca de la valla.

Elisabet se encogió de hombros.

–De acuerdo. –Y se alejó empujando la bicicleta.

Jessica apoyó el pedal de la suya en el suelo y se acercó a Bruce que estaba ajustando el sillín.

–Hola, Bruce.

Éste apenas se molestó en mirarla.

–Hola, Jessica.

Jessica se aclaró la garganta. Bruce Patman siempre la ponía nerviosa pero estaba decidida a no delatarse.

–¿Recuerdas el álbum de Johnny Buck del que te hablé?

–¿Cuál? ¿El que el tío de Lila iba a enviarle?

–Exacto. Ha llegado esta mañana por entrega especial y vamos un grupo a oírlo. Scott y Charlie también vendrán.

Bruce empezó a interesarse.

–¿A qué hora será eso?

–Alrededor de la una –respondió Jessica muy animada.

–Bien. Creo que acabaré pronto la maratón, pero no tanto. Son cuarenta y dos kilómetros...

Jessica que no tenía la menor intención de explicarle que ella no pensaba cubrir todo el recorrido, sugirió:

–¿Por qué no vienes en cuanto acabes? Seguro que aún estaremos todos.

–A lo mejor me dejo caer por allí.

–¡Magnífico! –exclamó Jessica con entusiasmo–. Ah, Bruce...

–¿Qué?

–Espero que ganes –soltó tímidamente con la vista clavada en el suelo.

–Lo haré –declaró Bruce muy seguro de sí mismo–. En primer lugar, avanzaré a una Lois jadeante y, a continuación, me lanzaré como una flecha hacia la meta.

–Y yo detrás de ti –añadió Amy Sutton que había aparecido detrás de Jessica y de Bruce.

Éste le dedicó una fría mirada.

–¿De qué hablas?

–De que soy yo quien cubre la información para *Sexto Grado*. Se han asignado diversos reporteros para los primeros corredores y me ha tocado ir contigo.

Bruce miró la pesada bicicleta de tres velocidades de Amy.

–¿Y crees que vas a poder mantenerte a mi altura *con eso*? –preguntó con desdén.

–Buena suerte, Amy –dijo Jessica entre risas.

Amy respondió gravemente:

–Haré todo lo que pueda.

–Haz lo que quieras –siguió Bruce–. Éste es un país libre, pero te digo una cosa: no pienso aflojar para que me sigas. Te vas a pasar la maratón tragando el polvo de mi bicicleta.

Amy se acercó a Elisabet que estaba con Lois.

–Bruce no me va a facilitar las cosas –comentó.

–Ya lo sé –dijo Elisabet–. Manténte cerca de él todo lo que puedas.

–Supongo que a ti no te costará tanto mantenerte a mi lado, Elisabet –dijo Lois con un suspiro.

Elisabet la miró. Era la primera vez que la veía sin el uniforme de la escuela y se sorprendió al advertir que, con pantalones cortos y camiseta, Lois no parecía tan gruesa.

–Nunca se sabe, Lois. ¡A lo mejor llegamos antes que Bruce!

–Lo dudo, Elisabet. Mira su bicicleta. Es magnífica y él parece hallarse en plena forma.

–¡Vamos, Lois, no pierdas la confianza! –exclamó Elisabet.

–No lo hago, pero hay que ser realista –insistió Lois–. Me costará mucho derrotar a Bruce Patman.

VII

La maratón estaba a punto de empezar. Todos los participantes llevaban cascos de ciclista con el lema de la maratón que habían recibido de la organización junto con todo un equipo. Además, se les había entregado una tarjeta de kilometraje de color verde, con números impresos del uno al cuarenta y dos, para perforar en los puntos de control situados cada dos kilómetros y atendidos por grupos de padres. La tarjeta sería el registro oficial del recorrido realizado por el ciclista.

El señor Clark, el director, hizo sonar un cuerno.

–¡Atención todo el mundo! –gritó–. En primer lugar quisiera dar las gracias a todos por participar. No importa el recorrido que logréis cubrir. Ya habéis realizado un excelente trabajo consiguiendo patrocinadores. Debéis sentiros orgullosos de vosotros mismos al haber ayudado a recolectar dinero para una causa tan valiosa.

Un coro de vivas surgió de la multitud.

–Cuando haga sonar el silbato –continuó el señor Clark–, empezará la maratón. Es mejor no salir a toda velocidad. Recordad que el trayecto es largo y que una marcha lenta pero segura os hará llegar al final de la maratón.

–Lenta pero segura –repitió Lois con la bicicleta a punto, al lado de Elisabet.

–Buena suerte a todos –les deseó el director–. Al oír tres, podéis arrancar. Uno...

Elisabet sabía que el director había tocado el silbato, pero no lo oyó. El sonido de docenas de bicicletas arrancando lo ahogó.

A pesar de la recomendación del señor Clark de no apresurarse, la mayoría arrancaron veloces para colocarse en primera posición. Uno de los más destacados era Bruce Patman seguido por Amy que pedaleaba esforzadamente tras él.

A partir del primer kilómetro, el grupo que hasta entonces se había mantenido bastante compacto, empezó a fraccionarse. Los más rápidos se alejaban de sus seguidores más rezagados, entre los que se hallaban Lois y Elisabet.

Ésta apenas recordaba haber corrido nunca a una marcha tan lenta. Miró de reojo a su compañera que pedaleaba sin perder el ritmo y sin que, al parecer, le importara ir quedándose cada vez más rezagada.

–¿Cómo vas? –le gritó.

–Bien. Ya estamos llegando al primer control –respondió Lois señalando a un grupo de padres.

«El primero, y quedan veinte», pensó Elisabet.

Iba a ser una tarde muy larga. Estaba en lo cierto. Fue una tarde muy larga, pero en absoluto aburrida. Los organizadores de la maratón ciclista habían trazado una ruta muy interesante. Después de salir del patio de la escuela se llegaba a un parque a través de un sendero para bicicletas, donde las ramas protegían del calor a los ciclistas y las bonitas flores de los ribazos les alegraban la vista.

Al kilómetro seis salieron del parque y el sendero las condujo a unas atractivas colinas boscosas. Las gaviotas volaban por encima trazando arcos y espirales en el cielo.

Hacia el kilómetro ocho empezaron los abandonos. Hacía calor y, aunque en los puntos de control se podía beber agua, algunos ya no pudieron resistir más.

Elisabet se preguntó si Jessica seguiría en la maratón. Si había abandonado no era, evidentemente, por el calor sino por el atractivo de Johnny Buck.

En el octavo punto de control, en el kilómetro dieciséis, Lois desmontó y, después de entregar la tarjeta, se bebió un gran vaso de agua.

–¿Cómo te sientes, Lois? –preguntó Elisabet que también desmontó y se acercó a la mesa donde estaban los vasos de cartón llenos de agua.

–Empiezo a sentirme cansada –admitió Lois.

–Apenas hemos recorrido algo más de un tercio de la maratón –dijo Elisabet cogiendo un vaso.

–Ya lo sé.

–No piensas abandonar, ¿verdad?

–¡Ni hablar! –respondió enérgicamente–. Montemos.

–¡De acuerdo! –exclamó Elisabet

Las chicas seguían a la cola del grupo pero no cejaban. Pasaron el control de los veinte kilómetros, a continuación el de los treinta.

–¡Haces una gran maratón, Lois! –gritó Elisabet.

Pero la chica estaba tan cansada que no tuvo ni fuerzas para responder. Se limitó a mover la cabeza y a seguir impulsando las piernas.

Elisabet la miró preocupada. El sudor caía a raudales por la frente de Lois y respiraba fatigosamente. Al llegar a los treinta y cuatro kilómetros le preguntó si deseaba descansar un rato.

–No quiero descansar. No quiero parar.

–¿De veras?

–No creo que pueda seguir mucho más –confesó Lois.

Elisabet, que tampoco estaba muy segura de poder llegar a los cuarenta y dos kilómetros, no le costó mucho adivinar el grado de fatiga de Lois.

–Quizá seguiré un poco más –dijo ésta.

–De acuerdo. Ya has hecho más de lo que podías. Cuando veas que ya no puedes seguir, pararemos.

En el punto de control de los treinta y seis kilómetros, Lois desmontó y se dejó caer sobre la hierba.

–Se acabó, Elisabet. Siento las piernas como de madera. No puedo hacer ni un kilómetro más.

Elisabet colocó el apoyo de su bicicleta en el suelo y se dejó caer rendida, al lado de Lois.

–Lo has hecho muy bien, Lois. Treinta y seis kilómetros a más de veintiún dólares el kilómetro. Necesitaría un lápiz para calcularlo, pero hace un montón de dinero.

–Ya lo sé, pero ¿cuánto habrá recorrido Bruce?

–Amy le sigue. En cuanto llegue a casa, la llamaré. Ya te lo diré.

Lois miró al cielo.

–A lo mejor se ha cansado antes.

–Es probable –asintió Elisabet para animarla–. Ya sabes que los entusiasmos le duran poco.

–Pero esta vez las ganas de derrotarme le habrán durado mucho –repuso Lois amargamente.

–Ya veremos. Con Bruce Patman nunca se sabe.

Afortunadamente, varias camionetas recorrían la ruta para recoger ciclistas y bicicletas y conducirlos al patio de la Escuela Media de Sweet Valley. Elisabet se sentía incapaz de volver al punto de partida, y mucho menos Lois. Ir de la escuela a casa representó un esfuerzo ímprobo.

Al llegar, se encontró con Steven que jugaba a baloncesto en el patio.

–Bien, bien, aquí tenemos a Elisabet que vuelve del «Tour» de Francia.

Elisabet ignoró el sarcasmo de su hermano.

–¿Dónde están todos?

–Papá y mamá de compras, y Jessica aún no ha vuelto. No me digas que has abandonado antes que ella.

–No exactamente –respondió Elisabet lentamente.

Steven siguió jugando.

–Por cierto, te llamó Amy.

–¡Amy! ¿Por qué no me lo has dicho en seguida? –gritó Elisabet.

–Creía que lo había hecho –murmuró su hermano, pero Elisabet, que ya estaba a medio camino de la cocina, no le oyó. Descolgó el teléfono y marcó el número de Amy.

Al cabo de varios timbrazos, su amiga finalmente respondió.

–¿Por qué has tardado tanto? –protestó Elisabet cuando la otra atendió el teléfono.

–Sólo ha sonado cuatro veces –respondió ésta riendo.

–Lo siento. Me muero de curiosidad por saber qué ha hecho Bruce.

–Me temo que no puedo contarte gran cosa –dijo Amy con un profundo suspiro.

–¿Cómo que no puedes? ¿Por qué? –exclamó Elisabet.

–Le he seguido durante unos doce kilómetros y, a partir de ahí, ha salido como un cohete y no lo he visto más.

Elisabet se dejó caer sobre la silla de la cocina.

–¿Así que no sabes si ha acabado la maratón o no?

–No. No lo sé. Cuando he llegado a la meta, lo he preguntado pero había tantísima gente que nadie me ha sabido decir si Bruce había llegado o no.

–¡Qué lástima! Le he prometido a Lois que la llamaría con la noticia.

–Patrick estaba en la línea de meta como controlador y me ha dicho que no lo había visto –explicó Amy–. Pero había muchos llegando y marchándose, y le ha sido imposible recoger todos los nombres para *Sexto Grado*.

–¡Tendremos que esperar hasta el lunes para saberlo! –se lamentó Elisabet.

–¿Cómo le ha ido a Lois? –preguntó Amy.

–Ha recorrido treinta y seis kilómetros –dijo Elisabet.

–Está muy bien, pero es una lástima que por tan poco no haya acabado –manifestó Amy–. Hubiera vencido a Bruce. Seguro.

Elisabet se mostró de acuerdo.

–La única posibilidad de Lois es que Bruce tampoco haya acabado. Te felicito por haberlo recorrido todo. Ha sido duro.

–Realmente. Y no pienso repetirlo –afirmó Amy.

–Yo tampoco. Tengo las piernas entumecidas –dijo Elisabet.

–Supongo que tendré que esperar a mañana para tomar el superhelado de Casey's.

–¿Cuál superhelado? –preguntó Elisabet.

–Es cierto. No lo sabes. Había un premio especial para quien recorriera los cuarenta y dos kilómetros. Nos han dado un tiquet de obsequio para ir a Casey's –explicó Amy.

–¡Uau! –exclamó Elisabet.

–Y ya sabes lo grandes que son. No creo que me lo pueda acabar yo sola... –soltó Amy en tono tentador.

–¿Quieres que lo compartamos?

–Claro. ¿Vamos mañana por la tarde?

–Gracias, Amy. Será magnífico.

Después de hablar con Amy y de llamar a Lois para contarle lo que sabía de Bruce, se fue a su habitación y cayó dormida durante el resto de la tarde.

Ni siquiera se había movido, cuando el sonido del agua en el cuarto de baño la despertó. Abrió un ojo y reconoció el ruido de un grifo abierto. Con un suspiro entró en el cuarto de baño.

Efectivamente, su hermana había olvidado cerrarlo. Entró en el cuarto de Jessica y la encontró tendida en la cama mirando ensoñadoramente al techo.

–Tienes todo el aire de una persona que acaba de oír el último álbum de Johnny Buck.

–¡Oh, Lisa! ¡Ha sido fabuloso! –exclamó su hermana, incorporándose sobre un codo.

Elisabet se sentó en una esquina de la cama.

–Explícamelo.

Jessica no necesitó nada más. Describió cada canción, la tapa de la funda del disco, las notas principales, la orquesta y el coro. Al final, sentada en la cama, añadió:

–¡Ha sido terrorífico!

–Seguro –rió Elisabet–. ¿Quién más había en casa de Lila?

–¡Todo el mundo! Janet, Ellen, Scott Joslin, un par más de Unicornios y unos cuantos alumnos de séptimo. También se ha presentado Bruce Patman.

Súbitamente, Elisabet prestó atención.

–¿Bruce? ¿A qué hora ha llegado?

–Oh, no me he dado cuenta –respondió Jessica.

–¡Por favor, piensa! –insistió Elisabet. Si Bruce había llegado temprano a casa de Lila, significaba que no había acabado la maratón.

–Elisabet, no lo sé. Estábamos escuchando la música. No me di cuenta de la hora.

–¿A qué hora has llegado tú? –preguntó Elisabet.

–Un poco después de la una –admitió Jessica.

–Eso es muy temprano. ¿Cuánto has recorrido?

–No te lo podría decir –respondió su hermana entre risas.

–Claro que puedes –replicó Elisabet, lanzándose sobre su hermana para hacerle cosquillas.

–¡No lo hagas! –chilló ésta.

–Lo haré hasta que me digas cuánto has recorrido –aseguró Elisabet.

–De acuerdo. De acuerdo. Seis kilómetros.

–¿Seis? ¿Seguro? –preguntó Elisabet incorporándose en la cama.

–Sí –replicó Jessica–. El punto de control de los seis kilómetros estaba cerca de la casa de Lila, así que me salí allí.

¡Seis kilómetros! Elisabet estaba muy sorprendida.

–Y después de llegar tú, ¿Bruce ha tardado mucho? –preguntó.

–Caramba, Lisa, no me digas que Bruce te interesa... –comentó Jessica llena de curiosidad.

–Quiero calcular si venció o no a Lois. Ella cubrió treinta y seis kilómetros.

–Entonces seguro que Bruce ha ganado –declaró Jessica arrugando la nariz–. Ahora que lo pienso, llegó al poco de entrar yo.

Elisabet se quedó sin respiración.

–Me pregunto si habrá acabado.

Jessica se levantó, se plantó frente al espejo y comentó mientras se arreglaba el pelo:

–Seguro que sí. No olvides que tiene una bicicleta magnífica.

–Seguro... –dijo Elisabet no muy convencida.

Al día siguiente, mientras esperaban que les

sirvieran el helado en Casey's, Elisabet le contó a Amy lo que había hablado con Jessica.

–Creo que es una noticia espléndida. Creo que es posible que Lois haya ganado la maratón –concluyó.

–Yo también lo creo –afirmó Amy–. ¿Se lo has dicho a Lois?

–No. No quiero que conciba falsas esperanzas. Lo sabremos mañana en la escuela.

–Bien, yo voy a escribir mi artículo para *Sexto Grado* sobre como se siente uno después de correr cuarenta y dos kilómetros. –Amy estiró las piernas–. Terrible.

–Aquí viene algo que te hará sentir mejor, Amy –dijo Elisabet, indicando con un movimiento de cabeza al camarero que se acercaba cargado con un enorme helado que colocó ante las chicas con un movimiento versallesco.

–Chicas, el especial supermaratón ciclista.

Era una bandeja enorme llena de helado de vainilla y chocolate recubierto de nata por encima y coronado con una guinda.

–¡Uau! –exclamó Amy.

–¡Nunca había visto un helado tan grande! –añadió Elisabet.

–Ni yo tampoco –dijo Amy al tiempo que cogía una cucharada del helado y la engullía–. Si me dieran otro como éste, sería capaz de volver a correr los cuarenta y dos kilómetros.

Cuando acabaron con el helado, Elisabet volvió a casa. Buscó a Steven que estaba en su habitación leyendo y le pidió el dólar con diez que le debía.

–¿No te lo puedo dar unos días más tarde? –objetó éste–. Aún no he recibido mi asignación.

Elisabet hizo un gesto negativo.

–No, Steven. Mañana he de entregar la cantidad ofrecida por mis patrocinadores. –Señaló una hucha en forma de pelota de fútbol que tenía sobre la mesa–. Puedes cogerlos de ahí.

Steven accedió a regañadientes.

–Supongo que también tendré que pagar los de Jessica. ¿Cuánto le debo?

Elisabet soltó la risa.

–Creo que podrás soportarlo. Veinte centavos.

–¿Eso es todo? –preguntó Steven sorprendido.

–Sí. Sólo ha recorrido seis kilómetros.

–¿Lo saben papá y mamá?

–No –respondió Elisabet en tono grave–. Y cuando lo sepan, no creo que les guste mucho.

El tema no tardó en presentarse. A última hora de la tarde, el señor Wakefield asomó la cabeza por la puerta de la habitación de Jessica, donde las gemelas estaban estudiando, y preguntó:

–¿Cuánto debo a cada una por la maratón ciclista?

Jessica enrojeció.

–¿Tú has recorrido treinta y seis kilómetros, verdad Elisabet? –prosiguió su padre–. ¿Y tú, Jessica?

–Uh... Seis... –dijo ésta en voz baja.

El señor Wakefield arrugó el entrecejo.

–No lo entiendo. ¿Qué te ha pasado?

–No he podido resistir más –respondió.

–Pero me imagino que sí que has podido ir a casa de Lila. Todo el día he oído comentar la aparición del nuevo álbum de Johnny Buck –replicó su padre en tono severo.

–He ido cuando he terminado. Mamá y tú dijisteis que, cuando acabara, podía hacerlo.

El señor Wakefield movió la cabeza.

–Jessica, me has decepcionado. Sabes muy bien que nos referíamos a que corrieras todo cuanto pudieras.

–Lo siento, papá, pero se me han cansado *mucho* las piernas.

–Bien, puede decirse que algo de dinero has obtenido –declaró su padre echando mano a la cartera–, pero no me ha gustado.

Entregó a Elisabet lo que le correspondía y dio cuatro dólares a Jessica.

–Hubiera preferido que hubieras sido más honesta –concluyó saliendo de la habitación.

Los ojos de Jessica se llenaron de lágrimas. Odiaba decepcionar a su padre. Ir a casa de Lila después de correr los seis kilómetros le había parecido entonces una gran idea, pero ahora la encontraba la peor del mundo.

VIII

Todos los alumnos de la escuela pasaron el fin de semana en un auténtico frenesí de impaciencia esperando el lunes para saber los resultados de la maratón. Cuando las gemelas llegaron, el zumbido de los comentarios llenaba cada rincón de la escuela.

Todo el mundo comparaba sus resultados. Algunos se quejaban de que el sábado por la noche aún no se habían recuperado del cansancio, grupo al que Jessica, para que no se divulgara que había abandonado la maratón, no tardó en sumarse.

El otro tema más interesante era hacer suposiciones acerca de cual sería el alumno que había recogido más dinero y, por tanto, ganaría la bicicleta. Muchos habían cubierto todo el recorrido, pero contaban con pocos patrocinadores. Todos se preguntaban acerca del resultado de Lois y, cuando Elisabet dijo que había cubierto treinta y seis kilómetros, todos se quedaron impresionados.

–Eso está muy bien –comentó Grace Oliver–. Me pregunto cuanto recorrería Bruce.

–Me parece que no tardaremos en saberlo. Ahí viene –dijo Amy.

Bruce Patman se acercó a su armario con una sonrisa de oreja a oreja.

–¡Estáis viendo al vencedor de la maratón ciclista! –alardeó. De pronto, vio a Amy–. ¿Qué te ocurrió? Se suponía que tenías que mantenerte a mi lado. Te busqué y no te vi.

–Rodé doce kilómetros a tu lado, Bruce –declaró Amy enojada–. La pregunta verdadera es ¿qué hiciste tú?

–¿Sólo doce? Te perdiste los restantes treinta. Yo los hice todos, naturalmente.

–¿Todos? –preguntó Elisabet con sorpresa–. En ese caso, ¿cómo es que llegaste tan pronto a casa de Lila?

Bruce la miró colérico.

–¿Sugieres que miento?

–Yo no he dicho eso –respondió Elisabet.

–Entonces, quizá te convenza esto.

Bruce sacó un papel de color verde de su bolsillo y se lo tendió a Elisabet. Era un cheque por ochocientos cuarenta dólares.

Elisabet nunca había visto ninguno por una cantidad semejante. Bastante nerviosa, se lo devolvió.

Los otros reclamaron que también lo que

rían ver. Un coro de «ooos» y «aaaas» acompañó el paso del talón bancario.

–Eh, chicos, cuidado –avisó Bruce en tono autoritario–. Si lo rompéis, a mis padres no les va a hacer gracia escribir otro como éste. –Y se dirigió a Elisabet–: ¿Estás convencida de que hice todo el recorrido?

–Eso parece... –dijo ésta de mala gana.

–Espero que publicaréis mi foto en la primera página de vuestro periódico –continuó él–. Y con un bonito artículo.

–Veré qué puedo hacer –musitó Elisabet.

–¿Cómo? ¡Si hubiera ganado Lois, *su* cara hubiera llenado toda la página! Y seguro que sería más grande que la mía... –Se echó a reír de su propio chiste, coreado por unos cuantos.

–Elisabet, vámonos de aquí –dijo Amy, cogiéndola por el brazo.

–No os enfadéis conmigo, chicas. Pensad en el magnífico vídeo que se podrá comprar para la escuela con todo ese dinero –gritó Bruce a sus espaldas.

–Supongo que tiene razón –comentó Amy–, pero a Lois no le va a hacer ningún bien.

–¡Lois! –exclamó Elisabet–. ¿Quién se lo va a decir? No podemos consentir que sea Bruce.

–Tienes razón, sería espantoso. Bruce puede ser muy cruel.

–Se lo diré yo –decidió Elisabet.

–Buena idea. Probablemente te lo agradecerá –aprobó Amy.

–Me ha dicho que no llegaría hasta el mediodía a la escuela porque tenía que ir al dentista. La buscaremos en la cafetería –dijo Elisabet con un suspiro.

Al mediodía, Elisabet miró en toda la cafetería buscando a Lois, pero no la vio por ninguna parte. Se sentó a comer con Grace Oliver y Cammi Adams. Estaba a punto de dar un mordisco a su bocadillo de ensalada de pollo, cuando la vio en la cola de la leche. Se acercó a ella corriendo y le dio un golpecito en el hombro.

–¿Por qué no vienes a sentarte con nosotras?

–De acuerdo. –Lois la miró a la cara–. Ha sido Bruce, ¿verdad?

Elisabet asintió en silencio.

–Lo siento mucho, Lois.

Antes de que ésta pudiera responder, Bruce se lanzó al asalto:

–Eh, foca, ¿tu amiga ya te ha comunicado la noticia?

–Sí –se limitó a contestar ésta.

–¿Y no piensas felicitarme?

–Supongo.

–Dilo, dilo. Dime: «Felicitaciones Bruce. Yo sólo hice treinta y seis kilómetros y tú acabaste el recorrido.»

92

–No tiene por qué decirte nada si no quiere –intervino Elisabet.

–No me importa felicitarle si ha ganado con toda honradez –manifestó Lois. A continuación se alejó en dirección a la mesa donde estaban Cammi y Grace.

Bruce se la quedó mirando, no muy seguro de haber ganado aquella escaramuza. Con el entrecejo fruncido, se apartó de Elisabet. Scott Joslin se reunió con él.

–Muchacho, menudo chasco le has propinado a Lois –le dijo con un puñetazo suave en el hombro.

El rostro de Bruce se animó.

–Sí, ¿verdad?

–Deberías darle un premio de consolación teniendo en cuenta que deseaba tanto esa bicicleta.

Bruce soltó un carcajada seca.

–¿Y qué le doy?

–¿Qué me dices del tiquet? Todos sabemos lo mucho que le gusta comer.

–¿Qué? –Bruce estaba claramente confuso–. ¿Quieres que se coma un tiquet?

Scott se quedó repentinamente desconcertado pero, de inmediato, soltó la carcajada.

–Muy buena, Patman. ¡Es tan tragona que supongo que *sería capaz* de engullir el tiquet en lugar del helado!

Bruce y Scott se alejaron hacia su mesa, pero Elisabet se quedó de pie, ante los cartones de leche, pensando en la conversación de los dos chicos.

Había algo que no comprendía. Al cabo de un segundo se dio cuenta. Bruce no había entendido la mención de Scott del tiquet de obsequio. Si había acabado la maratón, tenía que haber recibido uno. No acababa de entender porque Bruce había fingido que no sabía de qué le hablaban.

Una vez acabadas las clases, y mientras Elisabet estaba guardando sus libros en el armario, vio a Lois en el vestíbulo.

—¡Lois! —la llamó corriendo después de cerrar el armario—. ¿Quieres venir a mi casa?

Lois vaciló.

—Iba a la residencia a recoger el dinero de los patrocinadores.

—¿Y por qué no vas mañana? Tienes toda la semana para hacerlo.

—Es cierto. Vamos —accedió Lois.

Con el fin de apartar a Bruce de la cabeza de Lois, Elisabet charló sin parar durante todo el trayecto, pero cuando ya se acercaban a casa de los Wakefield, dijo:

—Me ha parecido estupenda la manera que has tenido de pararle los pies a Bruce.

—Yo no he hecho nada —replicó Lois.

–Sí. Sí que lo has hecho. No te has azorado por su estúpida presunción.

–Ya estoy acostumbrada. –En un tono ligeramente más alto, añadió–: Me pregunto qué va a hacer con dos bicicletas.

–Probablemente aburrirse con ambas –declaró Elisabet.

–No sé como se las arregla para ganar siempre –comentó Lois.

Elisabet abrió la puerta de casa, contenta de que, al parecer, Jessica no estuviera. Quería a su gemela más que a nada en el mundo, pero sabía que podía resultar cruel con gente como Lois que no pertenecía a su entorno.

Dejando los libros sobre la mesa de la cocina, propuso:

–¿Nos preparamos alguna cosa? –Miró dentro de la nevera–. Podemos hacer unos bocadillos de jamón o de pavo. O tomar helado.

–Estoy intentando hacer dieta –dijo Lois con timidez.

Elisabet se dio la vuelta y miró a su amiga.

–¡Eso es estupendo! –exclamó.

–Ya he perdido casi un kilo. Me imagino que la maratón me habrá ayudado bastante.

–Entonces vamos a tomar fruta –decidió Elisabet, trayendo el frutero a la mesa.

–Gracias –dijo Lois cogiendo una pera.

Las chicas fueron interrumpidas por el ruido de la puerta de la calle. Al cabo de un segundo entró Jessica.

–Hola, Jess –dijo Elisabet.

–Hola.

Jessica miró a su hermana con una expresión como diciendo: «¿Qué hace ésta en *mi* casa?»

–¿Quieres fruta? –ofreció Elisabet.

–¿Fruta? –Jessica arrugó la nariz–. No gracias.

Y abrió el congelador y se sirvió una generosa ración de batido de chocolate. Se sentó a la mesa con Lois y su hermana, y dijo dirigiéndose a la primera:

–Me han dicho que no te fue muy bien en la maratón ciclista.

–Yo no diría eso exactamente. Recorrí treinta y seis kilómetros.

–Jessica –intervino Elisabet–, ¿estaba muy entusiasmado Bruce cuando llegó el sábado a la fiesta de Lila?

–¿Entusiasmado? ¿Por qué había de estar entusiasmado?

–Acababa de terminar la maratón. Debía estar seguro de ganar.

–Iba sucio y cojeaba algo, pero supongo que es natural. Yo hubiera estado igual después de correr cuarenta y dos kilómetros.

–¿Cuántos recorriste? –preguntó Lois con mucha suavidad.

Al pronto, Jessica no supo que contestar, pero inmediatamente repuso:

–Me dio un calambre en una pierna y tuve que salirme. –Se levantó de la silla–. Voy a tomarme el helado arriba. Hasta luego.

Al cabo de unos segundos, Elisabet preguntó:

–¿Cómo has sabido que Jessica se retiró pronto?

–Oí que lo comentaba con Lila –confesó Lois–. ¿Por qué te interesaba tanto saber qué aspecto tenía Bruce al llegar a casa de Lila?

Elisabet vaciló.

–Cuando lo sepa con certeza te lo diré.

Lois la miró sorprendida, pero se limitó a replicar:

–Cuando quieras.

–Vamos a mi habitación –propuso Elisabet.

Un poco más tarde, llegó la señora Waller a recoger a su hija.

Media hora más tarde, Elisabet sacó el chile del congelador y lo puso en el microondas y, como no podía quitarse a Bruce de la cabeza, decidió salir al patio y sentarse en la rama baja de un viejo pino, su lugar favorito para pensar. Desde pequeñas, las gemelas solían refugiarse bajo el árbol cuando querían estar solas, y aunque Jessica ya no lo hacía por considerar que aquello era cosa de niñas, a Elisabet todavía le gustaba ir a sentarse allí, en especial cuando tenía necesidad de reflexionar. Pensó que si ponía sus pensamientos por escrito, le ayudaría a ver las cosas más claras.

Cogiendo un bloc y un lápiz de la cocina, salió al patio y tomó asiento en su lugar de costumbre.

Arriba de la página escribió con letras grandes: «*BRUCE PATMAN*» y, debajo, «*MARATÓN CICLISTA*». Pensó unos minutos y, a continuación, escribió:

1.– Bruce hizo todo el recorrido pero llegó a casa de Lila poco después que Jessica. ¿Tuvo tiempo de hacer cuarenta y dos kilómetros?

2.– Jessica ha dicho que Bruce no parecía muy entusiasmado y que cojeaba algo. Es una forma bastante extraña de comportarse después de haber ganado la maratón ciclista.

3.– Bruce no parece saber nada del tiquet de obsequio de Casey's que dieron a quienes completaron el recorrido, los cuarenta y dos kilómetros.

Dio unos golpecitos con el lápiz en el bloc y concluyó con mayúsculas: *¿ACABÓ DE VERAS BRUCE PATMAN LA MARATÓN?*

IX

–¿Te has divertido, Lois? –le preguntó la señora Waller a su hija al volver ésta de casa de Elisabet.

–Sí. Es muy agradable –respondió Lois.

La señora Waller sonrió a su hija.

–Me alegro de que las dos seáis amigas.

–Y yo también.

–Te he dejado carne en el congelador que puedes calentar en el microondas cuando tengas hambre. También hay limonada recién hecha.

–Mamá –dijo Lois vacilando–, ¿puedo venir contigo a la residencia? –solicitó Lois que no deseaba esperar hasta el siguiente día.

–¿Ahora?

–Sí, mamá. Quisiera recoger el dinero de los patrocinios. Iba a hacerlo al salir de la escuela, pero Elisabet me invitó...

–Claro que sí, hijita. Te llevaré a casa a la hora del descanso.

–No será fácil decirle a la señora Williams y

a los demás que no he ganado –musitó Lois.

–Estarán orgullosos de ti, hija. Estoy segura. *Yo* lo estoy.

Todos los residentes se alegraron mucho al ver a Lois.

Ésta se sentó en un sillón al lado del señor Shand.

–¿Cómo se encuentra? –le preguntó.

–Bien. Pero ¿y *tú*? Estamos impacientes por saber el resultado de la maratón, ¿verdad, Lily?

La señora Williams asintió:

–Ciertamente. Voy a llamar al resto de tus patrocinadores.

Y la señora Williams se levantó de su silla. Al poco rato, un grupito de gente rodeaba a Lois.

–Lois, cuéntanos como fue la carrera –preguntó una mujer llamada señora Klein.

–En primer lugar –respondió Lois con la mirada baja–, he de decirles que llegué segunda. –Levantó los ojos esperando ver una serie de expresiones reprobadoras.

–¡Segunda! –exclamó el señor Shand con un movimiento de aprobación–. Muy bien.

–Recorrí treinta y seis kilómetros.

–Menuda distancia –comentó uno de los hombres–. Yo apenas paso de catorce.

El señor Shand se echó a reír.

–Y me apuesto cualquier cosa a que ni cuando tenías la edad de Lois eras capaz de llegar a los treinta.

El hombre también se echó a reír.

–Quizá no.

La señora Klein le dio unos golpecitos en la mano.

–Cuéntanos todo.

Lois hizo una explicación detallada de cómo se había organizado la maratón ciclista, del atuendo de los corredores y de las características del recorrido. Sabía que la mayoría de la gente de la residencia apenas salía, por lo que se esforzó en hacer la narración lo más amena posible.

Cuando acabó su relato, la señora Williams dijo:

–Lois, te has dejado un detalle muy importante.

–¿Cuál?

–¿Quien ganó?

–Oh... –Lois había estado esforzándose en olvidar a Bruce–. Un chico llamado Bruce Patman que... no se porta muy bien conmigo.

–Ah, sí. Ya me contaste algo el otro día –recordó la señora Williams–. Bien, no permitas que eso te preocupe. Ya le llegará su San Martín.

–Así lo espero, pero aún no ha sucedido –repuso Lois.

Los ancianos intercambiaron miradas asintiendo con las cabezas.

–Cuando seas vieja como nosotros, Lois –declaró la señora Klein–, verás como, tarde o temprano, la gente siempre paga lo que hace.

Lois se encogió de hombros. Podía ser cierto, pero ¿y si ya no vivía para verlo?

–Mamá, ¿puedo acercarme a casa de Amy después de cenar?

La familia Wakefield estaba en el patio disfrutando de las hamburguesas asadas que el señor Wakefield preparaba de maravilla.

–¿No te quedarás mucho rato, verdad? –repuso su madre mirando el reloj–. No me gusta que andes en bicicleta de noche.

–No tardaré si puedo salir ahora mismo –dijo Elisabet, mirando de reojo a su hermana. Le tocaba a ella sacar la mesa, pero lo había hecho tantas veces en lugar de Jessica, a petición de ésta, que esperaba que esta vez a su hermana no le importaría ayudarla.

Pero Jessica hizo una mueca de desagrado.

–Mamá, le he prometido a Lila que la llamaría después de cenar.

–Algo realmente importante –comentó Steven con la boca llena de hamburguesa–. El mundo se caería a pedazos si no llamaras a Lila inmediatamente después de cenar.

–Yo creo que debes ayudar a tu hermana, Jessica –declaró el señor Wakefield–. Después de todo, ella lo ha hecho muchas veces por ti.

–¡Pero a ella le gusta! –insistió Jessica, que añadió dirigiéndose a Elisabet–. Díselo, Lisa.

–A veces sí y a veces no –declaró ésta en tono firme.

–Supongo que no dirás que te obligo con una pistola –protestó Jessica.

–Basta, niñas –terció la señora Wakefield–. Elisabet, puedes ir a casa de Amy y tú, Jessica, sacarás la mesa. Mañana por la noche, como vuelve a tocarte, tu hermana te ayudará.

Elisabet corrió a toda prisa con su bicicleta a casa de Amy a la que encontró acabando de componer el último número de *Sexto Grado*. Las páginas del periódico cubrían el suelo de la sala de Amy.

Ambas decidieron la colocación de los artículos después de leerlos cuidadosamente para asegurarse de que no hubiera errores.

Al cabo de un rato, Amy se enderezó desperezándose.

–No tenemos ninguna foto de Bruce –comentó.

–Ya lo sé. No me importa. Además...

–Además, ¿qué? –quiso saber Amy, sentándose nuevamente en el suelo.

–Amy, ya sé que te causará extrañeza, pero tengo la impresión de que Bruce no ha ganado la maratón.

Amy se quedó con los ojos muy abiertos.

–¿Qué dices?

Elisabet le contó sus sospechas de que Bruce no había acabado el recorrido.

Al acabar, Amy exclamó:

–¡Claro! ¡Ya me extrañaba no haberle visto después de perderle a los doce kilómetros! Corría más que yo, pero apreté para alcanzarle y, sin embargo, ya no lo volví a ver más.

–¿Ah, sí? Eso confirma mis dudas.

–¡Y si Bruce ha perdido, significa que Lois ha ganado! –gritó Amy con los ojos brillantes.

–¡Sería magnífico! Obtendría la *mountain bike* y todo el mundo la felicitaría. A Lois le haría mucho bien.

–Pero queda un detalle, Elisabet. ¿Cómo probaremos que Bruce no acabó la maratón?

–Buena pregunta. ¿Tienes alguna idea?

–No. Después de todo, sus padres le dieron un cheque por ochocientos cuarenta dólares. Ha de haberles mostrado la tarjeta de control como prueba.

Elisabet se levantó del suelo y se quitó unos restos de papel de los vaqueros.

–Tienes razón, Amy. Va a resultar muy difícil.

–Quizás imposible –añadió Amy.

A Elisabet no le gustaba la idea, pero tenía que admitir que Amy tenía razón.

–He de irme.

–¿Y el periódico? –preguntó Amy.

–No podemos cerrarlo todavía, en especial si existe alguna duda sobre la victoria limpia y honesta de Bruce.

Amy asintió. Se despidió de Elisabet que montó en su bicicleta.

Atravesaba el parque cuando vio a varios alumnos de séptimo y octavo que jugaban a baloncesto.

Aceleró para ver quienes eran los que jugaban cuando divisó a Bruce Patman. Éste la llamó y tuvo que pararse.

–¿Cuándo sale ese periódico tuyo? –preguntó–. Estoy esperando ver mi reportaje.

–Tardará un par de días.

Elisabet se disponía a marcharse cuando se fijó en que Bruce no conducía su bici. Desde el día en que se la habían regalado, no la dejaba ni a sol ni a sombra. Era muy raro verle caminando.

–¿Cómo es que vas a pie? –le preguntó.

El chico frunció el entrecejo.

–¿Por qué lo preguntas?

–Quiero decir que... ¿dónde has dejado tu estupenda bicicleta?

–Me he hartado de ella. Quizá la forcé demasiado en la maratón.

Elisabet no le creyó lo más mínimo pero se limitó a decir:

–Pero resultó estupendo que recorrieras con ella los cuarenta y dos kilómetros.

Bruce no entendió.

–¿Por qué lo dices?

–Porque has ganado la *mountain bike* –aclaró Elisabet–. En lugar de la antigua, podrás presumir con la nueva. Adiós, Bruce –gritó alejándose.

El misterio era cada vez mayor. Estaba segura de que algo había pasado con la bicicleta de Bruce; de lo contrario, estaría montando en ella. ¡Si pudiera averiguarlo!

Después de guardar la suya, entró a toda prisa en casa para añadir aquella información a la nota que había hecho bajo el árbol.

Buscó en su habitación, en la cocina y en la sala, pero no hubo manera de encontrar el bloc. Al subir otra vez hacia su habitación, se le ocurrió echar un vistazo en la de Jessica.

Ésta, sentada en la cama con las piernas cruzadas, tenía el bloc en la mano.

–Jess, ¿de dónde has sacado mi bloc? –exclamó arrebatándoselo.

–Estaba en tu escritorio. Necesitaba un lápiz y lo he visto.

–¿Y desde cuando lees mis cosas?

–¡Le tienes manía a Bruce! –la acusó Jessica–. ¿Por qué?

–No me gusta como trata a la gente. Además, ahora que has leído esa nota, estarás de acuerdo en que hay algo raro en la victoria de Bruce.

Jessica se puso de pie de un salto.

–¡No estoy de acuerdo en nada! Bruce ganó. A ver si te enteras de que no necesitaba para nada entrar en esa idiota competición porque ya tiene una bicicleta magnífica.

–Pues para tu información, te diré que hace pocos minutos que lo he visto. Iba a pie.

–¿Y eso que prueba? A lo mejor le gusta pasear.

–No lo creo –afirmó Elisabet.

–¿Insinúas que Bruce no ha podido ganar a Lois?

–No –confesó honradamente Elisabet–. Creo que ha podido hacerlo, pero sigo pensando que hizo trampa aunque no sé cómo.

–Y no lo sabrás –replicó Jessica–. Bruce no tiene ningún motivo para mentir.

Elisabet se dirigió hacia su propia habitación pero añadió:

–Pronto lo sabremos.

Jessica la siguió.

–A que no te atreves a hacer una apuesta.

–¿Qué quieres decir?

–Apuesto contigo a que Bruce ganó la maratón.

–No me gusta apostar, Jessica –replicó Elisabet.

–¡Claro! Porque sabes que no puedes probarlo –declaró Jessica con satisfacción.

–Ya te he dicho que pronto lo sabremos.

–No aceptar la apuesta es lo mismo que admitir que estás equivocada. Se trata de un asunto de principios –alegó Jessica en tono campanudo.

Elisabet se enfrentó con su gemela.

–Muy bien, apostemos. ¿Qué nos jugamos?

–La que pierda tendrá que hacer el trabajo de casa durante una semana. Esta noche no me ha gustado nada limpiar la cocina en tu lugar.

Elisabet no se molestó en mencionar las veces que ella lo había hecho por Jessica.

–¿Aceptas? –insistió Jessica.

–Acepto.

–Choquemos –dijo Jessica adelantando la mano.

Elisabet la cogió de mala gana.

–De acuerdo.

X

A la mañana siguiente, mientras se vestía para ir a la escuela, Elisabet no se encontraba del buen humor de siempre. Se puso una camisa azul de topos y una falda de ante, sin ni siquiera fijarse en como le quedaba. Cuanto más pensaba en ello, menos factible le parecía probar sus sospechas acerca de Bruce.

Jessica, en cambio, estaba de un humor excelente. Elisabet le oía canturrear una canción de Johnny Buck mientras se duchaba. Al acabar, asomó la cabeza en la habitación de Elisabet para decir:

–He estado pensando, Lisa. Deberíamos establecer un tiempo límite para nuestra apuesta.

–¡Un tiempo límite! Probar la falsedad de Bruce ya será bastante difícil sin este añadido.

–No puedes pasarte la vida intentando probarlo. El viernes hay que entregar el dinero, después se le proclamará oficialmente vencedor. ¿Por qué no decimos que tienes tiempo hasta el viernes para probar lo contrario?

–Pero sólo quedan tres días –objetó Elisabet apesadumbrada–. Sin embargo –añadió, antes de que Jessica pudiera protestar–, ¿de qué serviría retrasarlo más? De acuerdo, el viernes. Si no puedo probarlo antes, pierdo la apuesta.

–Muy bien... ¿Entonces, empezarás a hacer mi trabajo el sábado? –le preguntó muy astutamente.

Elisabet dejó escapar un lamento ahogado. El sábado era el día en que a ambas gemelas les tocaba mudar las camas, una tarea que ambas odiaban.

Al llegar a la escuela, Elisabet llevó a Amy a un rincón de la clase para ponerla al corriente de los últimos acontecimientos, desde que vio a Bruce sin bicicleta, hasta la apuesta con su hermana.

–¡Uau! –exclamó Amy–. Ese montón de coincidencias no ayuda nada a pensar que Bruce ganara honradamente.

–Pero he de probarlo. No puedo publicar mis sospechas en el periódico. Jessica no me cree y probablemente habrá un montón de gente que tampoco lo hará.

–Pues busquemos una prueba. ¿Y la bicicleta de Bruce?

–¿Su bicicleta? Ya te he dicho que iba a pie.

–A lo mejor está rota –sugirió Amy–. En ese caso, quizá no terminó el recorrido.

–¿Y cómo lo averiguaríamos?

–Podríamos mirar en su garaje.

–¿Quieres decir introducirnos en casa de los Patman?

–Los martes Bruce suele quedarse después de clase para jugar a fútbol –dijo Amy.

–Pero, aunque tenga algún desperfecto, no es una prueba concluyente. Podría decir que se le rompió después de la maratón –repuso Elisabet.

–Sí. Tienes razón –admitió Amy.

–Ha de haber algún medio de averiguar que Bruce ha hecho trampa –insistió Elisabet–. ¡Pero no sé cuál es!

–¿Por qué no preguntamos si alguien le vio acabar la carrera?

–Buena idea –dijo Elisabet–. Si llegó a la meta, alguien ha de haberlo visto. Tenemos la lista de los que acabaron para incluirla en *Sexto Grado*.

–Dividamos nuestra gente y preguntemos por separado si lo vieron –propuso Amy.

–Pero hemos de disimular algo; de lo contrario, se preguntarán el motivo de nuestras preguntas –objetó Elisabet.

–Sí. Podríamos empezar con los conocidos –sugirió Amy.

–De acuerdo. Yo empezaré con Ken Matthews y Grace Oliver.

Elisabet encontró a Ken en un descanso.

–Ken... –le dijo vacilante–, ¿puedo hablar un momento contigo?

–Claro. ¿Qué pasa?

–Tu acabaste la maratón, ¿verdad?

–Sí, y ahora me sabe mal no haber recogido más patrocinios. Hubiera ganado yo la bicicleta en lugar de Bruce. Él no la necesita.

Aliviada al ver que Ken sacaba el tema, Elisabet añadió:

–Por cierto, ¿lo viste mientras corrías?

–Ahora que lo pienso, no. No lo vi. Claro que tampoco me preocupé de buscarlo...

–¿Lo viste en la línea de meta? –volvió a preguntar Elisabet.

Ken reflexionó.

–No. Tampoco. Y eso que me entretuve por allí un rato. ¿Por qué lo preguntas?

–Sólo por curiosidad –replicó ella.

A la hora de comer, Elisabet y Amy compararon sus notas.

–Nadie de los que he preguntado vio a Bruce –informó Amy.

–Yo tampoco. Pero ¿es eso una prueba suficiente de que no llegó? –repuso Elisabet.

–Como mínimo añade un detalle a tus notas –declaró Amy mordiendo su bocadillo.

–Pero no es una prueba definitiva –insistió Elisabet.

–Me temo que la única realmente definitiva sería la confesión del sospechoso.

Elisabet miró fijamente a su amiga.

–¡Exacto! ¡Una confesión! ¡Eso es lo que necesitamos!

–Vamos, Elisabet, ¿de veras crees que Bruce Patman confesará que ha hecho trampa? ¿A ti, precisamente?

–No, si no supiera que confesaba... –calculó Elisabet.

–Elisabet, ¿qué te propones?

–Aún no estoy segura. Pero una cosa es cierta: la única persona que nos puede decir exactamente lo que pasó es el mismo Bruce Patman.

Jessica estaba tendida en una hamaca en el patio de los Wakefield, escuchando una cinta de Johnny Buck y pensando en los esfuerzos de Elisabet por probar que Bruce no había cubierto los cuarenta y dos kilómetros de la maratón. Su hermana parecía muy preocupada. Y con razón. Iba a perder la apuesta. Aquel pensamiento le hizo sonreír. ¡Una semana entera sin tareas caseras! Valía la pena...

Sin embargo, no lograba apartar de su pensamiento una molesta idea. Cuanto más pensaba en la tarde de la maratón ciclista, más extraña le parecía la llegada de Bruce a hora tan temprana a casa de Lila, teniendo en cuenta que había hecho un recorrido tan largo. Ella, Ellen, Janet y Lila estaban sentadas oyendo *Pass the Buck* en compañía de Scott Joslin, Charlie Cashman y Jerry McAllister. Recordaba la primera canción, *Bad Apples*, muy vibrante, que le había hecho entrar ganas de bailar. La siguiente, lenta y romántica, había provocado las bromas de los chicos. En aquel momento había llegado Bruce.

Jessica lo recordaba claramente. Bruce venía despeinado y con cara de pocos amigos.

»–Eh, ¿qué te pasa? –le había preguntado Charlie.

»–¡Nada! –había casi ladrado Bruce.

»–¿Ya ha terminado la maratón ciclista? –le preguntó Lila.

»–Para mí, sí.

»–¿La has acabado? –insistió Lila.

Después de una breve vacilación, Bruce había contestado:

»–Claro que sí.

»–Debes haber corrido a velocidad supersónica –había comentado Scott.

»–Pues, claro. Con una bici como la mía es fácil hacer un tiempo récord –había alardeado Bruce.

No se habló más de la maratón ciclista pero, en aquellos momentos, Jessica se preguntaba si podía ser cierto que Bruce no hubiera acabado la maratón. Apartó aquella desagradable idea de su mente. Si Bruce no había cubierto todo el recorrido, ella perdería la apuesta y ¡le tocaría hacer todo el trabajo de Elisabet! ¡De ninguna manera!

Abrió los ojos y se encontró con Elisabet de pie delante de ella.

—Hola, Lisa. ¿Vienes a tomar el sol?

—No. Estoy trabajando en una cosa —respondió señalando el bloc de notas que tenía en la mano.

—Creía que ya te preparabas para abandonar.

—De ninguna manera —sonrió Elisabet—. Acabo de perfilar los detalles de mi plan.

—¿Qué plan?

—Ya lo verás —se limitó a responder Elisabet.

A Jessica no le gustó nada el tono en que lo dijo. Pero antes de que pudiera acosar a su hermana a preguntas, ésta giró sobre sus talones y se alejó hacia su refugio de reflexión: la rama baja del árbol.

Elisabet repasó nuevamente los hechos de lo que había dado en llamar «El caso Bruce Patman». Con los nuevos detalles, empezaba a ver clara la estratagema por medio de la cual conseguiría la confesión de Bruce. Necesitaría un poco de suerte, pero contaba con la inmensa vanidad del chico. Asimismo, necesitaría la colaboración de otra persona. Se alegró de ver que Jessica no se movía del patio, donde seguía tomando el sol, ya que necesitaría hablar con Lois completamente en privado.

–Se te acaba el tiempo. No olvides que mañana es el último día –le recordó Jessica el jueves por la mañana.

–Ya lo sé. Al mediodía no faltes a la cafetería –respondió Elisabet.

–¿Y en qué otro sitio podría estar? –replicó Jessica, echándose a reír.

–No lo sé, pero no faltes –insistió Elisabet.

Para ser sinceros, Elisabet todavía no estaba muy segura de como enfocar la cuestión. Necesitaba empezar una conversación con Bruce, pero no se le ocurría ninguna excusa que valiera la pena.

Afortunadamente, Bruce, como siempre, acudió a meterse con ellas. Lois, Elisabet y Amy estaban en una mesa discutiendo el mejor modo de hablar con él, cuando se les acercó con una mueca burlona estampada en el rostro.

–Bien, Lois. ¿ya has entregado el dinero recogido por la maratón?

–Sí –respondió Lois en tono tranquilo.

–¿Y cómo te sienta haber perdido, después del trabajo que te costó convencer a los patrocinadores? Que manera de perder el tiempo ¿verdad, Lois?

–Yo no lo considero así –intervino Amy–. El propósito era recoger dinero para la escuela y Lois ha conseguido una bonita cantidad.

–No tan bonita como la mía –alardeó Bruce.

–Oh, Bruce, déjalo ya –dijo Amy.

Lois se quitó las gafas.

–No pasa nada, Amy. Bruce se lo ha merecido.

–¿Ah, sí?

–Sí. Fue una tontería por mi parte pensar que podía vencerte –manifestó Lois.

Bruce le dedicó una mirada desconfiada.

–¿De modo que por fin lo reconoces?

–Sería tonto no hacerlo –insistió Lois.

–Ya era hora –declaró Bruce sonriente.

Tal como Elisabet esperaba, la gente de alrededor se había dado cuenta de que Bruce y Lois mantenían una conversación. Las Unicornio, desde su mesa, tenían puesta toda su atención en el chico y varios alumnos se incorporaban para no perderse ni una palabra.

Lois continuó:

–La verdad, Bruce, me gustaría parecerme a ti.

–Ser un poco más dura, ¿verdad, Lois? –soltó Bruce en tono condescendiente.

–Tienes razón –intervino Lila Fowler que en compañía de otras Unicornio había acudido a sumarse al grupo que ya rodeaba la mesa de las chicas y a Bruce.

Lois se encogió de hombros.

–Bueno, a decir verdad, si he perdido ha sido ante un verdadero ganador.

–Cuarenta y dos kilómetros son muy largos –añadió Elisabet–. ¿Cuánto tiempo empleaste, Bruce?

–Nos gustaría saberlo para incluirlo en el reportaje de *Sexto Grado* –se sumó Amy.

Bruce se encogió de hombros.

–Bastante –dijo.

–Yo tardé unas buenas dos horas y media –dijo Ken Matthews que estaba cerca.

–Sí. Más o menos yo también –declaró Bruce muy incómodo.

Elisabet y Lois intercambiaron una rápida mirada.

–O sea, que debiste acabar a las dos y media –calculó Lois.

–Bien... –murmuró Bruce–, mi bicicleta es de carreras, no como el cacharro de Ken.

–¡Eh! –protestó el aludido–. ¡Mi bicicleta es de diez velocidades como la tuya! Es imposible que nadie pudiera cubrir el recorrido en menos de dos horas y media. Ni siquiera tú, Patman.

–Lo que yo no comprendo –continuó Lois–, es como pudiste llegar a casa de Lila antes de las dos. No sólo tenías que haber acabado la maratón, sino recorrer el camino inverso hacia su casa. Parece imposible.

–Yo... uh... –tartamudeó Bruce.

Jessica y Lila intercambiaron una rápida mirada. Jessica deseaba intervenir en defensa de Bruce, pero no se le ocurrió nada, al menos nada que no fuera una mentira.

–No te preocupes –dijo al fin Lois, rompiendo el incómodo silencio–, lo comprendo. Tenías tanto miedo que te derrotara que hiciste trampa para asegurarte.

–¿Estás loca? –estalló Bruce–. ¿Yo, miedo de que me derrotaras? ¡Jamás lo hubieras logrado si la bicicleta no se me hubiera escacharrado a los doce kilómetros!

Lois le dedicó una amplísima sonrisa.

–Gracias, Bruce. Es todo cuanto deseaba saber.

–Sí, Bruce, gracias –repitió Elisabet–. Tendré que cambiar el encabezado de la primera página de *Sexto Grado*: «LOIS WALLER GANA LA MARATÓN CICLISTA». –Sin más dilación, partió hacia la redacción del periódico.

Su plan había resultado más perfecto de lo que se había imaginado.

XI

–¡Aquí está! –gritó Elisabet corriendo por el vestíbulo con varios ejemplares del periódico en la mano.

Lois la esperaba a la puerta de la cafetería, y así que Elisabet estuvo a su alcance, le arrebató uno. Su fotografía aparecía en primera página con un pie que decía: «WALLER, LA VENCEDORA»

–Vamos a sentarnos –dijo–. Quiero leerlo todo.

Elisabet contemplaba como el entusiasmo de Lois crecía a medida que leía el detallado reportaje.

–¡Fíjate en el comentario de Bruce! –exclamó. Y lo leyó después de aclararse la garganta–: «Era perfectamente comprensible que sufriera aquel terrible accidente teniendo en cuenta la increíble velocidad que llevaba.»

–Pero, en estos momentos, toda la escuela sabe la verdad –declaró Elisabet.

–¡Imagínate que perforó él mismo la tarjeta

de control para enseñársela a sus padres! –exclamó Lois.

–Parece imposible, ¿verdad? –comentó Elisabet.

–Me pregunto qué harán sus padres con los ochocientos cuarenta dólares. ¿Crees que la escuela tendrá que devolverlos?

–Es una buena pregunta, pero no he oído decir que los señores Patman tengan intención de hacerlo. No estaría bien llevarse un dinero destinado a la biblioteca de la escuela –manifestó Elisabet.

–Quizá lo dirán esta tarde en la asamblea –sugirió Lois.

Ante la sorpresa de la misma Lois, cuando llegó el momento de empezar la asamblea aquella misma tarde, estaba menos nerviosa de lo que había supuesto. Le parecía extraño estar sentada en el estrado con el señor Clark, el director, y la señorita Luster, la bibliotecaria, pero no tardó en sentirse muy cómoda.

Dado que iba a ser el centro de atención, Lois se había vestido con todo esmero. Había ido de compras con su madre y, como había perdido peso, pudo quedarse un vestido azul que le sentaba muy bien. Además, había ido a la peluquería donde le habían modelado unas ondas suaves que le enmarcaban el rostro.

Primero habló la señorita Luster. Dio las gracias a todos los que habían participado y describió las características del vídeo y de las cintas que se proponían adquirir. A continuación el señor Clark cogió el micrófono.

–En primer lugar, quiero deciros que la Escuela Media de Sweet Valley se siente muy orgullosa. Habéis conseguido tres mil dólares para la biblioteca.

Un coro de vivas salió del grupo de alumnos.

El señor Clark continuó en tono grave:

–También sabéis que se han producido ciertas irregularidades en la maratón ciclista. Un alumno no ganó la cantidad que dijo, pero sus padres han accedido muy amablemente a entregar el dinero para la escuela.

«¡Ojalá sus padres le obliguen a devolverlo!» pensó Lois. ¿Cómo se las arreglaría Bruce? Pero, al recordar todo cuanto la había hecho sufrir, dejó de sentir lástima por él. Cualquiera que fuera el castigo que le aplicaran sus padres se lo tenía bien merecido.

–Y ahora hablemos de otro tema mucho más agradable –continuó el director–. Aquí, en el estrado, tenemos a una chica que trabajó duramente para conseguir más de setecientos dólares para la escuela. Miembros de la Asociación de Estudiantes, invitados, chicos y chicas, permitidme presentaros a Lois Waller.

Unos aplausos atronadores acompañaron a Lois mientras se acercaba al micrófono. Miró al público. Su madre, en primera fila, no cabía en sí de orgullo. Elisabet, sentada cerca con Amy, levantó los pulgares hacia arriba en signo de victoria.

Lois se aclaró la garganta.

–Es un auténtico honor estar aquí. Conseguir los patrocinios fue difícil, pero me costó mucho más recorrer los treinta y seis kilómetros...

Una carcajada unánime coreó la frase.

–Estoy muy contenta de haber ayudado a la escuela y... bien, eso es todo. Gracias.

Los aplausos resonaron de nuevo mezclados con gritos de elogio y golpes en el suelo con los pies cuando el señor Clark empujó la reluciente *mountain bike* azul hacia donde se encontraba en el centro del estrado.

Lois la sujetó y la mantuvo a su lado mientras el fotógrafo del *Noticiero de Sweet Valley* tomaba la foto. Fue uno de los momentos más felices de su vida.

Sentada en el patio, Elisabet contemplaba como Jessica ponía la mesa para el picnic.

–Me parece que mamá quiere que pongas las servilletas de papel.

Jessica se giró con un suspiro.

–¿Y ahora me lo dices? Ya había puesto las otras.

–Lo siento. No me he dado cuenta. –Levantó el libro que tenía en la mano–. Estaba leyendo.

–Y aún me falta hacer la ensalada. Esto te tocaba a ti.

–*Me tocaba* –sonrió Elisabet con picardía–. Resulta agradable tener una semana de descanso.

–Elisabet, si algún día se me ocurre volver a apostar contigo, por favor, no me hagas caso.

–No sé... –dijo Elisabet riéndose–. ¡Ver como trabajas es lo más divertido que me ha pasado durante mucho tiempo!

Al poco rato, los Wakefield ya se habían sentado a la mesa a cenar.

–¿Sabes, Jessica? –dijo la señora Wakefield con una sonrisa–. La gente suele quitar los rabos de las fresas antes de servirlas.

–Y yo creo –añadió el señor Wakefield– que también se acostumbra a pelar los plátanos.

Elisabet no pudo aguantarse más y se echó a reír a carcajadas.

–No te quejes –dijo Steven–. Tú todavía tienes un tenedor. Al parecer alguien ha supuesto que yo no lo necesitaba.

Todo el mundo soltó una carcajada... menos Jessica que se limitó a comer en silencio.

–He tenido muchísimo trabajo que hacer –dijo al fin, a la defensiva–. Es natural que me haya equivocado en algunas cosas.

–El pollo está perfecto –reconoció Elisabet–. Claro que... lo ha hecho mamá.

Jessica le dedicó una mirada furibunda que sólo consiguió aumentar la hilaridad de su hermana.

–Mamá –dijo Steven–, ¿crees que podrás enseñar a cocinar a Jessica antes de que te vayas la semana próxima? ¡Tengo miedo de morirme de hambre!

La señora Wakefield acababa de anunciar que la semana próxima tendría que ir a San Francisco en viaje de trabajo.

–¡No pienso hacer yo sola toda la comida! –protestó Jessica.

–No –corroboró su madre–, pero espero que durante esa semana seréis responsables y colaboraréis todos ayudando a vuestro padre en todo lo que sea posible.

–¡Yo siempre soy responsable! –declaró Jessica con indignación.

–Menos cuando sacas una D en historia –le recordó el señor Wakefield.

–O no echas las cartas al correo cuando te lo encargo –dijo la señora Wakefield.

–O te olvidas de mi tenedor –añadió Steven.

Jessica le tiró la servilleta.

–¡De acuerdo! ¡De acuerdo! –exclamó–. ¡He captado vuestro mensaje claramente! Pero ya lo veréis. La semana próxima voy a ser la responsabilidad en persona. Seguro que, cuando vuelvas a casa, mamá, tendrás que darme la medalla de buena conducta.

¿Mantendrá Jessica su promesa? Podrás averiguarlo en el próximo número de Las Gemelas de Sweet Valley.